AVIS
A MES VOISINS

CULTIVATEURS

PAR

Ch. KARCZEWSKI

LOUDUN

IMPRIMERIE & LIBRAIRIE DE ERNEST MAZEREAU

11, Place de la Bœuffeterie, 11

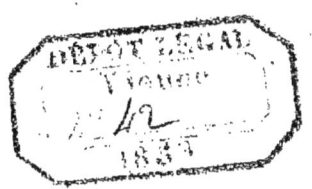
AVIS A MES VOISINS CULTIVATEURS

TYPOGRAPHIE DE ERNEST MAZEREAU

A LOUDUN (VIENNE)

AVIS
A MES VOISINS

CULTIVATEURS

PAR

CH. KARCZEWSKI

LOUDUN

IMPRIMERIE & LIBRAIRIE DE ERNEST MAZEREAU

11, Place de la Bœuffeterie, 11

1859

A LA FRANCE

MA SECONDE PATRIE

Pour ta gloire, les miens ont versé leur sang, pendant les guerres du mémorable Empire !

Réfugié sur ton sol hospitalier, je le fertilise, en attendant de la grandeur de Dieu la résurrection de ma Patrie...

Puisse ce faible travail, tout humble qu'il soit, être accueilli comme gage de ma reconnaissance !

Avant de donner à mes voisins les avis de ma longue expérience sur la culture, je leur dois quelques éclaircissements sur ma position actuelle; bien plus, comme étranger, je dois en quelque sorte légitimer mon nom, et leur faire connaître pour quels motifs je me suis établi en France.

Si je me permets d'écrire sur l'agriculture, c'est avec l'espérance d'être utile, non-seulement à mes voisins, mais peut-être à ceux qui me sont inconnus. Si, enfin, je parle de ma manière de cultiver et des résultats que j'obtiens, je crois devoir dire depuis quand et avec quel espoir je me suis adonné à ce genre de vie, où j'ai fait pour cela des études spéciales, et combien d'années de pratique jointe à la théorie ont pu me donner quelque expérience.

C'est cette expérience que j'invoque pour oser dire : Suivez-moi dans le même sentier et vous arriverez au même résultat; vous améliorerez vos propriétés; vous augmenterez vos revenus, et, par conséquent, la fortune de vos enfants. Quittant le point de vue personnel, j'ajouterai : Vous acquitterez la dette que tout homme contracte envers sa patrie; vous paierez à la société le tribut d'utilité auquel Dieu a condamné l'homme, en lui disant : « Tu gagneras ton pain à la sueur de ton front..., » sentence à laquelle nul ne peut se soustraire, à moins de devenir une charge ou une plaie de cette société à laquelle il se doit. Le travail de l'homme ne doit pas se restreindre à ses besoins personnels; il faut comprendre que chaque branche d'industrie se rattache l'une à l'autre, que chacun doit s'entr'aider : le grand a besoin du petit, le petit a besoin du grand.

Je veux donc démontrer que l'agriculture, étant la mère nourricière de tous, devient la base fondamentale de toutes les industries; sans elle, rien ne peut exister ni se créer. Pour développer une intelligence, il lui faut, avant l'étude même, le bien-être matériel; il faut que la vie et la force habitent notre corps; et, pour que notre organisation fonctionne, il faut la soutenir par de nouveaux aliments, dont le plus essentiel, surtout pour l'artisan, est le pain.

C'est donc à l'agriculture que nous devons

le principal régénérateur de notre être. Sans
elle, rien de nouveau ; elle est la base de toute
l'industrie et de toute la richesse d'un pays,
de la puissance et de la force d'un gouvernement, de la moralité d'une nation, et de
l'existence du genre humain.

Dans la marche suivie de ma culture, je
développerai pourquoi les progrès en sont si
lents en France, malgré les énormes sacrifices
faits par le gouvernement actuel, et quelle est
l'influence des comices agricoles sur les cultivateurs proprement dits campagnards. Avant
d'aborder une entreprise si grande et si hardie,
j'ai besoin de réclamer toute l'indulgence du
lecteur, de lui rappeler qu'étant étranger
beaucoup de finesses de locutions françaises
me sont inconnues, que la tournure de mes
phrases et la suite de mes idées pourront conserver quelque cachet de mon origine. Je ferai
mes efforts pour remédier à ces défauts par
toute la clarté possible. Si je me suis enhardi
à écrire, c'est que j'ai compté sur l'affabilité et
l'indulgence que les Français montrent toujours envers les étrangers, et que, depuis
longues années, je cherche par mes travaux
à payer mon tribut de reconnaissance envers
la nation qui m'a donné une si généreuse
hospitalité.

.....Arrivé, à vingt ans, sur le sol français,

rempli des illusions de la jeunesse, reçu avec l'élan sympathique que le cœur du Français a toujours conservé au nom polonais, je croyais à la prochaine résurrection de la Pologne. Je passai trois années à parcourir la France, avec le secret espoir que le fruit de mes voyages ne serait pas inutile à ma patrie. Je m'aperçus bientôt que Dieu seul sait l'avenir des nations. Le découragement succède promptement à l'enthousiasme dans le cœur du jeune homme; le manque de ressources, en se faisant sentir, me fit comprendre la nécessité d'une position. Ma fierté native m'empêcha d'avoir recours aux protections qui devaient ne pas me manquer. D'une part, j'étais allié du côté paternel aux plus hautes familles de l'ancienne noblesse de France; d'une autre, un important service rendu par mon père lui-même, au moment de la fameuse retraite de Russie, en 1813, à l'un des plus grands généraux du premier empire, pouvait me faire espérer aide et protection parmi les membres de la nouvelle noblesse. Peut-être aurais-je dû tirer parti de ces avantages, mais je craignais que l'on crût à la réclamation du service rendu; je voulais ne rien devoir qu'à moi-même, et me conquérir une position à force de travail et de persévérance. Je compris alors que le hasard de la naissance est chose vaine devant l'abîme des révolutions, et que le seul bien qui nous reste est le respect de soi-même et de ses aïeux, qui doit toujours être gravé au fond du cœur. Plein de jeunesse, de force et de foi dans l'avenir, je voulais rester maître de moi : je ne pouvais être artisan, je me suis fait agriculteur.

Avec les années, l'espoir de revoir ma patrie s'est évanoui ; si je l'eusse conservé, jamais je n'aurais parlé de moi. Je sais que quelques-uns m'accuseront de puérile vanité, d'autres comprendront le juste orgueil d'un homme qui veut transmettre à son enfant le nom qui lui a été légué par son père. Si j'avais un fils, je lui aurais laissé le soin de se faire une position et de soutenir son nom ; une fille a besoin d'une plus grande protection, et il me semble permis de couvrir mon enfant du nom de ses ancêtres. Non pas que je rougisse du titre d'homme d'affaires, loin de là, car je suis fier de m'être créé, par mes études et mon travail, une existence dans un pays étranger, et d'y avoir gagné l'estime publique.

Je suis né vers la fin de 1813, année si désastreuse pour l'armée française. Mon père habitait, pendant l'hiver, la ville de Wilkowyszki, et passait l'été à la campagne, s'occupant d'agriculture. J'étais donc, depuis mon enfance, habitué à la vie des champs. C'est au commencement de 1813, au moment des grands froids, qu'il eut le bonheur de sauver un des plus illustres généraux de Napoléon Ier. Un jour, un traîneau de paysan, rempli de paille, s'arrêta un instant à nos portes; un homme en sort couvert de vêtements en lambeaux, la tête tellement noircie de fumée que, suivant l'expression de mes parents, « on pouvait le prendre pour un ramoneur; » il entre précipitamment dans le vestibule; les domestiques se refusent à le laisser pénétrer plus loin; mon père sort pour connaître la cause du bruit; l'inconnu se nomme, se remettant à sa loyauté, et lui demande de le sauver, étant poursuivi par les cosaques. Les ordres sont donnés, et, pendant qu'il change de linge et de vêtements, les chevaux sont attelés et des vivres portés dans le traîneau; puis, sans perdre une minute, notre hôte célèbre part au triple galop pour Gombien, au-delà de la frontière de Prusse. Là, il était en sûreté. Une heure après, un escadron de cosaques bouleversait la maison, depuis les caves jusques aux combles, cherchant inutilement notre protégé d'un instant. Le calcul avait été juste : une heure lui avait suffi pour gagner la frontière prussienne, où il se trouvait à l'abri du danger. Trois mois après, on recevait de France une lettre de remercîments accompagnée d'un portrait qui est encore présent à ma mémoire. Mon père ne savait pas alors s'il aurait un fils ; il se doutait encore moins que ce fils, réfugié sur la terre étrangère, se verrait obligé de se faire, à la sueur de son front, une position dans cette même France dont il venait de sauver une des gloires.

N'ayant d'autre héritage à léguer à mon enfant que le nom de mes pères, je dois dire que ce nom, très-connu dans mon pays, y jouissait d'une profonde estime ; que mon père se trouvait allié des plus proches à l'une des familles les plus anciennes et les plus justement considérées de la haute noblesse d'Europe : la famille de Horn. Si je dis de l'Europe, c'est que les dernières grand'mères des Horn, c'est-à-dire de nos grand'mères, étaient issues des princesses de Bavière, de Lorraine, de Gonzague, de Luxembourg et de Nassau, des Crouy, d'Egmont, de Créquy, de Montmorency, des La Trémoille, d'Aragon-Bénavidès et de Cordoue-Médina-Cœli. En rappelant ici les alliances d'une famille à laquelle la mienne est unie si étroitement, je pense à mon enfant, que mon dévouement à ma patrie a privé de son héritage paternel et mise dans une modeste position, mais qui n'en reste pas moins nièce et cousine des descendants de la maison de Horn.

Je dus mon entrée à l'École d'agriculture à la protection du général Bem. Je l'avais connu pendant notre campagne, lorsqu'il combattait dans nos rangs comme colonel, titre sous lequel il a laissé de si beaux souvenirs militaires dans les annales de notre révolution. L'ayant retrouvé dans l'exil, il se souvint du jeune homme qu'il avait eu occasion de remarquer, et ce fut à sa bienveillante sollicitude que je dus mon admission, au commencement de 1837, à l'École agronomique de Grignon, où je passai trois années d'études sous la direction du vénérable M. Bella, l'homme le plus doux, le plus affectueux qu'il soit possible de rencontrer. Ce fut sous lui que j'appris à cultiver. Il savait faire comprendre par des paroles simples et persuasives qu'aucune terre n'est jamais ingrate, et que ses produits sont toujours en rapport avec les sacrifices qu'on lui fait. S'il fut mon professeur, il fut aussi mon ami; il s'occupa presque avec le même intérêt qu'il eut porté aux siens à me placer dans une position capable de s'améliorer. Je lègue à mon enfant toute la reconnaissance que je porte à ces deux hommes, le général Bem et M. Bella, dont la bienveillance et la sollicitude m'ont adouci les rigueurs de l'exil, l'un en m'ouvrant le chemin du travail, l'autre en m'en aplanissant les difficultés.

A la fin de 1846, le château et la terre de Lamothe-Chandenier furent acquis par Mme Ardoin. M. Ardoin s'adressa à M. Bella pour trouver un homme que l'étude et l'expérience pussent mettre dans le cas d'administrer avec succès une grande propriété, en donnant à l'agriculture une impulsion progressive. M. Bella, qui ne manquait jamais une occasion de m'être favorable, là surtout où il jugeait que mes travaux pouvaient être utiles, me fit venir du Jura, où je dirigeais une exploitation. Dès ma première entrevue avec M. Ardoin, le plus affable et le plus généreux des hommes que j'ai connus de ma vie, nous sûmes nous comprendre, et nos engagements furent pris réciproquement.

Pendant les sept ans qui suivirent, jusqu'à sa mort, je n'eus qu'à me louer de mes rapports avec lui ; toujours bon, affectueux, sachant trouver le mot qui allait au cœur, pour remercier des efforts qu'il savait si bien comprendre, ces sept années passèrent, je puis le dire, comme un jour. Habitué aux grandes affaires, ayant beaucoup voyagé à l'étranger, il savait apprécier les hommes et témoigner sa reconnaissance avec cet à-propos qui donne tant de prix à la moindre parole. Aimé de tous, il fut enlevé malheureusement trop tôt pour l'affection des siens et le bonheur de ceux qui l'entouraient. Je lui conserverai toujours un profond souvenir de gratitude et de vénération.

Je demande pardon au lecteur de l'avoir entretenu si longtemps de moi et de ceux pour lesquels j'ai quelque reconnaissance; c'est à eux que je dois le peu que je sais, et que je vais faire en sorte de communiquer à d'autres. Pour entreprendre cette tâche et pour me rendre plus clair, je dois développer mon mode de culture, faire connaître la propriété et la nature du sol sur lequel j'opère, les améliorations introduites et les résultats obtenus, afin de faire comprendre quels avantages trouveraient les propriétaires qui ont leur fortune en biens-fonds à diriger eux-mêmes leurs travaux avec discernement, au lieu de louer leurs terres aux fermiers qui les épuisent et les abandonnent ensuite. Ce sera le développement de ma pensée résumée en ces mots : *Avis à mes voisins cultivateurs*.

AVIS A MES VOISINS CULTIVATEURS

Pour tirer de la terre les produits les plus avantageux, il faut d'abord avoir une connaissance exacte du sol et du commerce de la localité. Autrefois , lorsque la société était dans son enfance, les trésors d'une terre vierge se répandaient en abondance, sans qu'il fut besoin à l'homme d'un grand travail pour lui faire rendre au centuple ce qu'il lui confiait. Aussi, pendant bien des siècles, les travaux des champs furent abandonnés à la classe inférieure, sans que le riche se vit dans la nécessité de la diriger. La terre, féconde alors d'un repos continuel, produisait en abondance pour les besoins de la société. Dieu venait en aide aux bras du cultivateur ; mais si l'aide de Dieu faisait défaut, des famines horribles désolaient le pays. Nous voyons à différentes époques, depuis plusieurs siècles, les horreurs de la faim pousser les populations aux plus terribles extrémités ; c'est qu'alors il fallait que l'intelligence vint en aide au travail : l'homme des champs sera toujours le bras, mais il faut que l'homme éclairé et instruit soit la tête qui dirige. Les siècles en se succédant ont augmenté les besoins des peuples par le développement de l'industrie. L'accroissement des populations rend nécessaire la multiplication des produits du sol, et la terre fatiguée réclame sa fécondité première.

Vers la fin du siècle dernier, quelques hommes éminents, — soit qu'ils fussent fatigués des orages politiques, soit qu'ils sentissent le besoin d'une vie calme et douce, — se retirèrent dans leurs terres. Par l'influence d'une éducation soignée, les contrées où ils vécurent prospérèrent promptement : l'application des sciences à l'agriculture lui donna une heureuse impulsion. Nous remarquerons ici que chaque branche d'industrie a son étude spéciale, tandis que l'agriculture embrasse toutes les sciences. Il lui faut avoir recours à la chimie, à la physique, à l'histoire naturelle, je dirai même à l'histoire des peuples; la connaissance de toutes ces sciences est utile et nécessaire à celui qui veut tirer le plus grand parti du sol. Que deviendra donc l'agriculture entre les mains de l'homme vulgaire et sans éducation, s'il n'a sous les yeux l'exemple du progrès, qu'il ne tardera pas à suivre lorsqu'il en verra le résultat ? Si, au contraire, il est laissé à ses propres forces, il suivra sa routine d'autrefois, qui, étant bonne lorsque le sol était fécond, est rétrograde lorsqu'il a besoin d'améliora-tion : la terre devient tout à fait stérile, le dégoût s'ensuit, puis l'abandon.

Il paraît, en France, un grand nombre d'ouvrages sur l'agriculture. La plupart ne peuvent servir qu'aux hommes instruits et fa-miliarisés avec la science; ils sont souvent, au contraire, plus dangereux qu'utiles à l'homme sans éducation qui, n'ayant pas assez de con-naissances pour appliquer justement la théorie d'un ouvrage, veut en suivre aveuglément la méthode et les principes prescrits, sans se rendre compte si leur application peut être en rapport avec la nature du terrain qu'il ex-ploite, ou avec les principaux besoins de la localité, de manière à lui faciliter la réalisation de son produit en argent. Aussi, l'homme qui veut appliquer une nouvelle méthode doit con-naître tous les principes de l'art agricole et des sciences qui s'y rapportent, afin de tirer quelque fruit d'écrits qui seraient si utiles s'ils étaient compris et employés avec discernement. En France, on s'enthousiasme avec rapidité pour tout ce qui est nouveau; mais comme d'un grand feu il ne reste souvent que des cendres qui, emportées par le vent, restent sans utilité, ainsi de tant d'ouvrages de mérite qui, lus sans être approfondis, n'ont laissé aucune trace, et qui, compris dans la pensée de leur auteur, eussent pu donner une si heureuse impulsion.

Dans la partie du Poitou où est situé le domaine que j'exploite, la plus grande partie des propriétaires louent leurs terres à de petits fermiers qui, sans aucune ressource, vivent au jour le jour, grattant la terre avec une *arraire,* — instrument du temps des Romains qui ne peut être mieux comparé qu'à un cure-dents, — déplaçant le terrain d'un endroit à l'autre, arrivant à deux pouces de profondeur au maximum. Ce sol, sans cesse retourné, fumé rarement et dans une proportion bien inférieure à son épuisement, devient d'une stérilité complète; le fermier se ruine, et le propriétaire se voit forcé de diriger lui-même ses travaux. Qu'arrive-t-il? C'est que souvent le propriétaire est imbu de ce préjugé, que l'agriculture ne rapporte presque rien, et ne convient qu'au peuple des campagnes ; c'est que, n'ayant pas la patience d'attendre que cette terre épuisée ait repris assez de force pour lui rendre et au-delà l'intérêt de ses avances, il s'empresse de vendre, ses revenus ne se trouvant pas en proportion des dépenses, devenues indispensables par suite du luxe introduit par le développement de l'industrie. Son patrimoine qu'il a vendu tombe le plus souvent entre les mains des marchands de biens, lesquels le divisent en une foule de parcelles qui se répandent dans la classe où le progrès n'est possible que par l'exemple venu de haut, et surtout par l'exemple bien appliqué.

C'est donc par la classe élevée de la société que nous pouvons espérer que l'élan donné à l'agriculture puisse être durable; il faut au peuple un succès marqué et suivi pour qu'il imite et qu'il rende justice, car, outre la crainte du manque de réussite, le campagnard est méfiant envers celui qui porte un habit plutôt qu'une blouse et qu'il appelle le bourgeois. Il faut donc, pour gagner sa confiance, qu'il demeure convaincu que votre opération est productive, avantageuse, et qu'elle n'a pas occasionné de grands déboursés; car, à cause même de cette méfiance, il a une grande perspicacité pour ses intérêts : il sait compter. Mais s'il trouve que votre opération a nécessité de nombreux capitaux, il ne manquera pas de dire que votre culture coûte plus qu'elle ne rapporte. Cette opinion, souvent erronée de l'homme des campagnes, vient de ce que, travaillant jour et nuit comme une machine, il ne donne aucune valeur à son travail, et en regarde le produit comme bénéfice net ; tandis que celui qu'il appelle le bourgeois, ayant recours à la main-d'œuvre, est obligé de chercher par son industrie à accroître le produit de ses terres, afin d'établir un équilibre avec sa dépense pour que le bénéfice en reste satisfaisant. Il en résulte que l'homme instruit et supérieur peut seul diriger une grande exploitation de manière à l'améliorer, tandis que le petit fermier ruine son propriétaire en se ruinant lui-même, s'il n'est conduit par une main plus éclairée. Si on veut un progrès réel, il faut que le propriétaire qui se met à la tête de sa culture l'ait assez étudiée et approfondie pour la diriger d'une main ferme, afin que le fermier ne revienne pas à sa vieille routine pour laquelle il est trop enclin.

Malheureusement, en France, l'agriculture n'est pas assez honorée, et c'est souvent quand un jeune homme a échoué dans toutes les carrières qui s'ouvraient devant lui, qu'on juge qu'il en saura toujours assez pour faire valoir ses champs. Ceci est un tort. Il faudrait pour cette carrière, comme pour toutes les autres, des études sérieuses qui missent à même de diriger sûrement les masses dans la voie du progrès, surtout en France où l'agriculture devrait marcher de pair avec l'industrie.

Il y a trois manières d'enseigner et d'apprendre l'agriculture :

1° Comme métier ;

2° Comme art ;

3° Comme science.

L'agriculture, comme métier, peut se résumer ainsi : faire exécuter tous les travaux, et savoir apprécier le temps nécessaire à leur exécution.

Comme art, elle consiste à savoir réaliser les idées des autres, les appliquant à la pratique, de manière à pouvoir en exécuter les travaux plus facilement ét plus avantageusement.

Au point de vue scientifique, elle est sans règle positive, mais elle développe les motifs des meilleurs procédés et apprend à les comprendre avec une précision exacte.

Ce qui arrête le progrès de l'agriculture, ce sont les notions insuffisantes d'un grand nombre de propriétaires qui dirigent eux-mêmes leurs travaux. Lorsqu'un jeune homme, soit—comme je le disais plus haut—qu'il ait échoué dans une autre carrière, soit que son humeur le porte à la vie paisible des champs, se met à la tête d'une exploitation agricole, il doit avoir étudié comme il l'eût fait pour toute autre carrière. S'il ne possède pas à fond la connaissance des travaux qu'il doit diriger, il s'expose à se voir distancé par celui de ses domestiques qui sera le plus adroit, car celui-là a l'expérience pratique qui maintient, si elle ne développe pas. Il faut, pour être obéi avec fruit, savoir corriger et indiquer au domestique la faute qu'il a commise; autrement, si l'incertitude vous donne la crainte de vous exposer au ridicule, celui-ci saisira cette occasion pour reprendre ses anciennes habitudes. Il se sent, malgré votre instruction supérieure, plus fort que vous dans son métier; il prend bien vîte l'autorité; vous le tolérez par suite de votre incertitude; c'est sa volonté et ses principes qui deviennent l'esprit fondamental de la direction des travaux, qui passe ainsi des maîtres aux mains du plus adroit domestique. Où sera le progrès? Qui donc alors placera la France au premier rang des nations par l'agriculture, comme elle l'est par l'industrie?

Il est un second écueil à signaler. Quelques propriétaires, par suite de leurs relations, ou par la lecture de divers ouvrages, voyant les avantages obtenus dans d'autres exploitations par l'emploi de certains instruments ou l'application de certain système, veulent les mettre en usage. Il n'est pas rare alors de les voir échouer dans leur entreprise, non pas par mauvaise entente des affaires, mais par le mauvais vouloir du domestique, qui, tenant à son ancienne méthode, veut prouver que le nouveau système peut être bon ailleurs, et non pour lui; personne n'est ennemi du progrès comme le campagnard, non pas pour le progrès lui-même, mais par la crainte de l'inconnu. On se voit forcé de renouveler ses domestiques. Les nouveaux venus commencent le travail avec souplesse, puis, après un certain temps, ils cherchent à soulever des obstacles, ils créent des difficultés; si vous ne maintenez votre volonté avec énergie, votre nouvelle méthode, mal employée et mal comprise, devient plus mauvaise que la précédente, et votre campagnard réussit à prouver son axiôme : « c'est bon ailleurs, et non ici. » Si vous persévérez, sans remettre dans une bonne voie cette méthode mal employée, tous vos sacrifices resteront sans fruit; votre culture sera rétrograde, puis viendra le découragement et souvent la ruine.

Il faut, si on veut introduire par les mains de l'habitant des campagnes un système améliorant, comprendre d'abord et savoir à fond l'emploi de tout instrument nouveau qu'on veut mettre entre ses mains; choisir le plus intelligent domestique, le prendre par l'amour-propre : c'est le mobile de tout chez l'homme, à quelque classe qu'il appartienne; vous lui enseignez le maniement des instruments et la route à suivre dans ce nouveau

2.

chemin; s'il réussit, les autres veulent réussir aussi on voit le progrès, et, peu à peu, tous viennent à vous imiter. Si malheureusement vous n'avez pas une main assez ferme pour réduire cet esprit tenace que vous êtes obligé d'employer, vous risquez votre fortune, et au lieu de donner de l'élan à l'agriculture, vous l'exposez à rétrograder. Ceux qui auront vu vos efforts infructueux n'auront garde de vous imiter.

Nous pouvons résumer ceci en deux mots : il est urgent que l'ouvrier sente la supériorité du maître; il faut donc que celui-ci travaille et sache; il faut que le maître guide avec une fermeté soutenue, pour que l'ouvrier ne revienne pas à ses anciennes habitudes, car il lui faut des années d'expérience pratique pour le convaincre des avantages de votre système.

Le progrès de l'agriculture en France n'existe réellement que dans un rayon de trente ou quarante lieues autour de Paris. Dans des provinces plus éloignées, il se trouve quelques grands propriétaires qui, ayant compris leur véritable intérêt, s'y sont livrés avec avantage. Ils ont imité les grands seigneurs anglais, allemands, russes ou polonais, dont la majeure partie, en se mettant à la tête de leurs immenses exploitations, donnent dans ces contrées un grand essor à l'agriculture, en même temps qu'ils augmentent leurs revenus. N'est-ce pas là le but de la société tout entière? les besoins croissent avec les progrès de l'industrie; chacun cherche à s'enrichir pour marcher avec son siècle.

Mon intention n'est pas de parler de ces grandes exploitations; je me borne à les citer pour prouver que, chez d'autres peuples, les capitaux confiés à l'agriculture ne sont pas considérés comme une mauvaise spéculation. Le but que je désire atteindre, est d'éclairer mes voisins sur leurs propres intérêts. Ils ne sont, pour la plupart, que de petits propriétaires contraints par la nécessité à surveiller eux-mêmes leurs travaux. Leurs fermiers, comme je le disais plus haut, abandonnent leurs terres après les avoir épuisées. J'espère être utile en donnant quelques détails sur mon mode de culture et ma gestion; je voudrais prouver qu'on peut trouver, dans une marche bien suivie pour l'amélioration des terres, beaucoup de ressources dans l'agriculture elle-même, et, par là, démontrer combien les capitaux y seraient placés avec avantage.

Dans cet arrondissement, beaucoup de personnes commencent à suivre et imiter ma méthode, d'autres ne manquent pas de la critiquer; en tâchant de satisfaire les uns comme les autres, je ferai connaître les bons comme les mauvais résultats obtenus. Je ne cacherai aucune de mes erreurs; peut-être en les connaissant évitera-t-on d'y tomber.

Avant de poursuivre, je réclame de nouveau l'indulgence du lecteur pour un travail qui ne peut montrer qu'un grand désir d'être utile, et beaucoup de bonne volonté. Mon nom fera excuser, j'espère, bien des imperfections de langage ou d'expressions trop tranchantes; l'étranger va droit au but, et ne sait pas trouver toujours l'expression qui adoucit en tournant la pensée.

En faisant la comparaison entre l'agriculture française et celle des pays du nord, il faut démontrer quelle différence il existe dans leur manière de l'envisager. Cette différence d'opinion est peut-être la seule cause qui laisse la France au second rang, sous ce rapport, tandis qu'elle marche à la tête des nations sous celui de l'industrie.

Nous commencerons par l'Angleterre, où une noblesse excessivement riche et fière, représentant et gouvernant la nation, possède des terres considérables. L'agriculture y est donc représentée par cette classe supérieure qui, en majeure partie, cultive ses propres domaines. Quelques autres sont loués à des fermiers, par des baux dont les plus courtes

périodes sont au moins de quinze années; il
s'en trouve même qui s'étendent à cent ans.
Ceci prouve qu'en prenant des baux d'une
aussi longue durée, les fermiers anglais cherchent dans l'agriculture une spéculation productive, et pour eux et pour le propriétaire.
Celui qui prend un bail aussi long doit penser
que son fils lui succédera : il ne travaille donc
pas au jour le jour, mais il prépare la fortune
de ses enfants; il cherche à amener les terres
à leur plus grande fertilité; il a le temps de
voir ses travaux couronnés de succès par un
rendement double et quelquefois triple. En
suivant une culture rationnelle dans les termes d'un long bail, les avances faites primi-
tivement rentrent avec de gros intérêts, mais
il faut attendre que la terre ait repris sa fécondité primitive; alors elle vous rend infaillible-
ment et avec libéralité ce que vous lui avez
confié. Le fermier anglais, par sa persévérance,
arrive à ce résultat; il s'attache au sol qu'il
a enrichi, et qui l'enrichira à son tour. Un
intérêt réciproque l'unit au propriétaire, qui a
vu ses terres doublées de valeur par les soins
entendus d'une longue gestion. En France, au
contraire, elle sont souvent dépréciées par le
changement de méthode de différents fermiers
qui s'y succèdent à peu d'intervalle. En général, leurs terres sont louées plus chères vers la

fin des baux; le fermier, ayant doublé ses revenus, a doublé la valeur intrinsèque de la propriété; d'où il résulte une augmentation de revenus, proportionnelle pour le propriétaire. Dans cette position de fortune, une éducation plus soignée place leurs rapports sur une échelle plus élevée que cela ne se voit en France. En Angleterre, le fermier est reçu par son propriétaire, fut-il premier lord du royaume, avec estime et affection, car leur intérêt, leur but est le même; il est reçu à sa table, là où le commerçant n'est pas admis; c'est qu'ils se doivent estime réciproque, et que souvent l'éducation les a fait égaux; aussi cette estime, dont jouit l'agronome anglais, a une grande influence sur les progrès de cette industrie chez cette nation. En France, le fermier qui a pu donner quelque éducation à son fils, veut qu'il soit notaire, avoué ou prêtre, il a honte de l'agriculture; en Angleterre, le fils succède à son père. Il est incontestable que la considération attachée à quelque branche d'industrie que ce soit, influe d'une manière avantageuse sur son développement.

En Allemagne, en Russie, en Pologne, les propriétaires cultivent eux-mêmes, c'est-à-dire qu'ils ont un intendant ou régisseur placé sur la même échelle sociale, car ceux-ci les représentent. Pour la plupart, ils occupent

les hautes charges du pays, leur présence est
nécessaire au centre de leur gouvernement.
Leur passage dans leurs terres, excessivement
vastes, est en général fort rapide; aussi la position de leur homme d'affaires est-elle en rapport avec l'élévation de leur rang: ces places
y sont fort recherchées. Quand aux fermiers,
il n'en existe pas, si ce n'est ceux des biens
de l'État, qui sont de vastes propriétés natio-
nales. Ces terres sont, en général, prises en
fermage par les hommes de la plus haute
classe. Il n'est pas rare de les voir rapporter 7 à 8 0/0 du capital; aussi, beaucoup
d'étrangers vendent leurs biens dans leur
pays, et viennent s'établir en Pologne ou en
Russie, où ils achètent des propriétés du double ou du triple d'étendue, et dont les revenus
se trouvent en proportion de l'étendue et de la
fertilité des terres. Ces transactions sont faciles
à opérer à cause de la rareté des capitaux.
Celui qui arrive avec un capital suffisant, fait
non-seulement de très-belles affaires pour lui-
même, mais chaque nouvelle méthode introduite apportant avec elle telle ou telle amélioration, le pays en profite et les progrès se
développent.

Il ne faut pas s'étonner non plus de ce que
l'agriculture soit beaucoup plus avancée dans
les pays du nord, cela tient à leur contact

continuel avec les autres nations. Les propriétaires ayant de grandes fortunes voyagent beaucoup, voient et comparent; il en résulte une immense utilité pour leur pays, où ils rapportent les améliorations qui leur ont paru être plus conformes aux besoins des peuples. L'agriculture y est donc représentée par la noblesse, tandis qu'en France, c'est cette classe d'élite qui y apporte une grande répugnance; n'est-ce pas bien à tort? Où l'homme trouvera-t-il plus de grandeurs que dans les merveilles de la nature ? Là, il s'approche de son Créateur, il sème pour produire et multiplier toutes ces immenses richesses que Dieu a créées dans ce vaste horizon du monde. Cicéron n'a-t-il pas dit : « Rien n'est plus grand, rien n'est plus digne, rien n'est plus noble que l'agriculture. »

Le gouvernement français fait d'énormes sacrifices pour la mettre en honneur; il sent que c'est la principale source de la richesse d'un pays. Tout en dépend : c'est une boussole qui gouverne tout. Quand le blé est cher, tout est cher; le commerce prend un plus grand essor par suite de l'extension de l'industrie, car la fabrication industrielle, c'est-à-dire tout ce qui passe par la main de l'artisan, augmente en proportion des besoins que ressent le cultivateur ; d'un autre côté, le blé à trop bas

prix ruine le producteur. Il faudrait donc
trouver le moyen d'établir un équilibre satisfaisant, ce qui ne sera possible que par une
amélioration du territoire qui en fasse doubler
les produits. L'artisan et le petit rentier auraient le blé à prix modérés, tandis que le producteur trouverait son bénéfice sur la quantité. Lorsque celui-ci vend son blé cher à l'artisan, ce dernier vend non-seulement plus cher
au cultivateur le produit de son industrie, mais
il vend davantage, parce que le nombre des
cultivateurs est plus élevé que celui des ouvriers.
Ce fait n'a jamais été mieux prouvé que par
les dernières années qui viennent de s'écouler : 1854, 1855, 1856, où les blés ont été
chers, jamais le commerce ne fut plus floris-
sant; aussi le campagnard devenait pour l'in-
dustriel le principal débouché à son commerce,
si ce n'est par la valeur, au moins par la quantité.
Le luxe du campagnard était depuis longtemps
un mobilier en noyer ciré. Des récoltes chères
et productives, en augmentant son revenu,
faisaient naître en lui un désir de bien-être,
un goût de luxe jusqu'alors inconnu. Pendant
ces bonnes années, il ajoutait quelques meubles plus confortables; il commençait à trouver que l'acajou serait aussi bien chez lui que
chez son voisin.

Il est donc incontestable que la richesse et

le progrès de l'agriculture augmenteront en proportion ceux de l'industrie. Pendant ces trois années, les propriétaires qui ont loué leurs terres, ou vendu leurs propriétés foncières, ont réalisé plus du triple de leur revenu ou de leur fortune.

D'autres diront : le blé étant cher, l'artisan souffre trop ; à ceux-là nous répondrons : Oui, l'artisan souffre ; aussi est-ce un prix modéré qu'il faut chercher à établir ; car lorsque le blé est à bas prix, l'artisan n'a pas d'ouvrage. Souffre-t-il moins ? assurément non. Si le blé est cher, l'ouvrage abonde de tous côtés, la consommation des autres objets augmente en proportion des revenus du cultivateur. La plus grande partie de la population se composant de campagnards, leur consommation sera donc la plus grande, et compensera l'artisan de la chèreté du pain que celui-ci leur livrera. Nous voyons depuis deux ans les blés tombés au plus bas prix. Le commerce ne marche plus : tout se trouve arrêté et comme paralysé. Chacun de ces deux états de choses a un défaut qu'il serait utile de prévenir. Il faudrait que l'artisan payât moins cher son pain de chaque jour, sans que son travail se ralentisse, et que de son côté le cultivateur pût trouver, dans son revenu, le bien-être qu'il commence à envier. On n'arrivera à ce résultat que par une agriculture raisonnée et améliorante, au moyen de laquelle on puisse parvenir à doubler le rendement du grain ; le blé atteindrait un prix moyen sans ruiner le petit propriétaire, qui, dans la quantité, aurait encore un revenu avantageux ; chacun trouverait donc son avantage à cet état de choses.

C'est à ce résultat que le gouvernement voudrait arriver par la création des comices agricoles, établis dans chaque arrondissement. Ce progrès ne pourra être que fort lent, si les grands propriétaires ne viennent pas à le seconder, en comprenant le but réel de cette institution. Ces comices se trouvent composés, en général, des propriétaires les plus influents de l'arrondissement, qui ont leurs fermes louées, et de quelques employés habitant également la ville, et ne possédant que superficiellement ce qui devrait être pour eux une connaissance approfondie. Ces membres des comices, pénétrés des meilleures intentions pour protéger et encourager le cultivateur, n'aboutissent souvent qu'à faire déprécier ces concours aux yeux du campagnard. Afin de les rendre plus pompeux, et de leur donner plus de retentissement, une partie des fonds destinés aux primes se trouve employée à quelque fête, bal ou banquet, où se réunissent non-seulement ceux qui concourent, mais encore ceux qui seront de simples assistants. Tous ces frais sont, en général, pour l'agrément de l'habitant des villes, et non pour celui de la campagne, qui n'a vu dans le concours qu'un prix à obtenir, qu'une émulation donnée à son travail, et non une fête. S'il voit ces prix qu'il convoite gagnés constamment par le riche propriétaire, que sa fortune met à même de faire de fortes dépenses d'amélioration, il se découragera et ne verra place au concours que pour le riche. Si, au contraire, il voyait son voisin obtenir quelque prime, il espérerait pour lui-même, redoublerait de zèle, et ses efforts pour arriver à la récompense promise auraient toujours pour résultat que son champ, par l'effet de son travail, aurait pris plus de valeur, ou son bétail serait plus beau.

Il faut encore se rendre compte d'une chose, c'est que la terre est devenue tellement morcelée, que l'alimentation des villes provient de la petite culture de ces propriétaires campagnards. Les grands domaines deviennent rares, ils se divisent chaque jour, et, avec les années, tendront à se diviser de plus en plus. C'est donc aux petits propriétaires qu'il faudrait chercher à rendre ces concours favorables, puisque ce sont eux qui forment la masse.

Le gouvernement alloue aux comices agricoles organisés une somme d'environ douze

cents à quinze cents francs; les départements
y viennent souvent en aide en ajoutant cinq à
six cents francs. Ces sommes sont généralement employées pour l'acquisition d'instruments perfectionnés, tels que moissonneuses
ou faucheuses, qui demandent elles-mêmes
de grands perfectionnements pour être employées partout avec avantage. Ces instruments
ne se trouvant en rapport ni avec toutes les
bourses, ni avec tous les espaces de terrain, ne
peuvent servir qu'aux grandes cultures. Ne
pourrait-on pas concilier tous les intérêts, en
donnant au campagnard les primes d'encouragement qui pourraient l'aider dans l'amélioration de son petit domaine? En encourageant
ses efforts, on donnerait en même temps un
stimulant d'émulation à ceux qui verraient
que, sans être riche, on peut obtenir quelque
prime avantageuse. Mais quels moyens employer pour connaître le plus ou moins de
mérite de si humbles cultivateurs? Ne pourrait-
on, avec ces mêmes ressources données par le
gouvernement pour les concours agricoles,
créer une nouvelle carrière aux jeunes gens,
après examen des capacités, et former ce
qu'on pourrait peut-être appeler des ingénieurs
agricoles, qui auraient le rang des agents-
voyers des ponts-et-chaussées. Dans chaque
arrondissement se trouverait un sous-inspec-

teur ou ingénieur agricole, chargé de parcourir toutes les communes, de visiter jusqu'aux
plus petits cultivateurs, leurs champs, leurs
étables, leurs troupeaux, de connaître leur
mode de culture, leurs ressources, et de rendre compte par un rapport mensuel, à un
inspecteur supérieur du département, de
l'état des ressources, ou des besoins de chaque commune, du nom des individus méritant
encouragement, pour lesquels souvent un
faible secours serait d'un grand prix, et que
l'intelligence pourrait faire bien placer. Quelquefois peu de chose peut être d'un grand
bien pour la cause générale. Cet inspecteur
départemental rendrait compte à son tour de
tous les rapports qui lui seraient faits à un
inspecteur général, placé auprès de S. Ex. le
ministre de l'agriculture, qui, par là, se trouverait mieux et plus sûrement éclairé sur les
besoins de chaque localité, les résultats des
récoltes, et aurait une statistique beaucoup
plus exacte. Une nouvelle carrière serait
ouverte à la jeunesse; avec les sacrifices faits
pour les concours, on subviendrait facilement
à l'entretien d'un sous-inspecteur par arrondissement. Le petit cultivateur, en se voyant
protégé et encouragé par le gouvernement,
aurait plus de confiance; il chercherait plutôt à
en obtenir une prime minime, une simple

mention honorable, que du comice dont les membres sont ses voisins, avec lesquels il est plus ou moins bien, et pour lesquels il conserve toujours quelque jalousie. Quant aux grands propriétaires, les encouragements sont encore plus faciles : les honneurs, les décorations données élèveraient l'agriculture à la tête de toutes les industries; elle deviendrait une profession enviée, et, par là, son développement et son progrès seraient définitivement assurés.

Je crains beaucoup qu'étant étranger, et ne connaissant pas les finesses de la langue française, mes expressions ne rendent pas le fond de ma pensée, et que quelques personnes y puissent trouver un double sens. Mon seul désir, en livrant ces quelques pages à la publicité, est d'être utile à tous; mon seul vœu et ma seule ambition, se bornent à ce que de mes humbles observations il puisse résulter quelque bien pour ma seconde patrie.

Le château de Lamotte-Chandenier (1) est

(1) Au numéro 118 se trouve une allée de trois kilomètres conduisant au château. L'antiquité des constructions nous est prouvée par de vieilles archives qui ont été conservées, et dont les dates les plus reculées remontent au règne de Philippe Ier, à la fin du onzième siècle. Ces documents prouvent que les domaines de Lamotte-Chandenier étaient terre féodale, que leurs seigneurs avaient droit de haute justice, et que les châteaux environnants leur payaient redevance. On trouve, comme preuve, parmi ces parche-

situé en Poitou, dans le département de la Vienne, près de la route impériale n° 147, qui conduit de Saumur à Poitiers, à 27 kilomètres de Saumur, 8 kilomètres de Loudun, à la

mins, une quittance d'un sir Jean, seigneur de Chant-d'Oiseau, qui en était le plus ancien vassal. La façade d'entrée qui regarde le couchant, avec son pont-levis, ses oubliettes, son donjon et ses meurtrières, bâtie dans des marécages, entourée d'immenses douves, nous rappelle, par son architecture, ce siècle de la feodalité où les seigneurs laissaient leurs femmes et leurs enfants à la garde de leurs serviteurs pour répondre à la voix du roi, ou même du seigneur suzerain, qui, au nom de Dieu, commandait la Croisade. La race humaine devait être, à cette époque, plus forte qu'aujourd'hui, si on en juge par les cuirasses et les casques qui ont été conservés; ces derniers ne pèsent pas moins de 9 kilogrammes, dépouillés de tous leurs ornements, sans visières ni mentonnières. Ce château, domaine de la famille de Chandenier, passa vers le milieu du dix-septième siècle, par le mariage d'une demoiselle de Chandenier, à un Rochechouart, comte de Limoges, duc de Mortemart, ainsi que l'attestent leurs armes d'alliances (les ondes des Rochechouart et les six merlettes des Chandenier séparées par un chevron), gravés sur le château et sur divers objets mobiliers conservés de cette époque, entre autres sur deux cloches qui portent la date de 1651. On trouve encore dans la chapelle une vierge offerte par la ville de Gênes, comme gage de sa reconnaissance, à un duc de Rochechouart, ambassadeur dans cette ville sous le règne de Louis XII. Les dernières constructions qui y furent ajoutées sont dues à un François de Rochechouart, et datent du règne borne n° 118. De cette vaste terre, qui s'étendait à plusieurs lieues à la ronde, il ne reste que le noyau principal qui contient, d'un seul morceau, une superficie de 1,050 hectares,

de Louis XIV. Lors de la disgrâce de la fameuse Mme de Montespan, qui entraîna celle de sa famille, ils revinrent dans leurs terres. Ce fut alors qu'on éleva l'aile gauche, pour établir deux galeries destinées aux fêtes qui devaient aider à oublier la défaveur du grand roi. Ce qu'il y a de remarquable, c'est que chaque partie de cette grande construction conserve bien distinct le style de l'époque où elle fut élevée.

Un grand nombre de châteaux y étaient attachés comme fiefs qui, plus tard, firent partie du domaine. Les principaux étaient : ceux de Chant-d'Oiseau, de Bournand, de Véniers, de Vaon, de la Hacquinière et plusieurs autres dont les ruines ont entièrement disparu.

En 1789, ces vastes terres étaient la propriété du chancelier Maupeou; après avoir été pillées et dévastées pendant la révolution, elles furent achetées, en 1809, par M. Hennecart, qui releva ces ruines de manière à les rendre habitables pendant quarante-cinq ans. Rachetées en 1846 par Mme Ardoin, la restauration, ou plutôt la reconstruction du château fut confiée, en 1855, à la direction de M. Gaumont. Il n'est pas beaucoup d'exemples qu'on puisse citer en France, et par conséquent en Europe, d'un château aussi monumental, réédifié depuis ses fondations jusqu'aux combles, sans rien changer à la silhouette primitive, conservant à chaque partie le cachet de son époque. Peu de personnes auraient porté l'amour de l'art et la religion de l'antique, non seulement aux immenses sacrifices d'argent, mais encore jusqu'à se résigner aux dont la majeure partie est en bois; le reste, divisé par lots de certaine étendue, était loué à de petits fermiers, payant tant bien que mal un fermage de quinze à vingt francs par hectare, non compris les impôts et l'entretien des bâtiments qui restaient à la charge du propriétaire. Les fermiers se succédaient les uns aux autres, par des baux de trois, six et neuf ans, cultivant une portion du terrain et abandonnant le reste, où croissaient sans

appartements incommodes que l'exigence de l'architecture ne peut concilier avec nos habitudes modernes. Les siècles futurs ne pourront oublier les noms de ceux qui auront conservé un monument du onzième siècle, jusqu'aux générations les plus lointaines. Si on compare les anciens murs, dont les parements extérieurs et intérieurs construits en sable, chaux et moellons, comblés par la terre mélangée à de petits moellons, et qui pourtant ont subsisté huit siècles, quelle sera donc la durée de ces immenses blocs de pierres qui remplacent dans toute leur épaisseur ces constructions des anciens?

En admirant la force de cette masse imposante, il faut ajouter que l'architecte a su lui donner une valeur sans borne, par la grâce et le goût qui président à l'ensemble de cette réunion si harmonieuse et en même temps si tranchée de tant d'époques diverses dans l'histoire de l'architecture. Beaucoup de restaurations de ce genre ont eu plus de retentissement quoique avec des sacrifices moindres de travail et de capitaux : c'étaient des monuments publics; mais une œuvre particulière n'est connue que d'un petit nombre; il lui faut la consécration des siècles.

entraves le chiendent, les ajoncs et les bruyères, formant ainsi ce qu'ils appelaient des
pâturages.

Cherchant à apporter selon ses vues un
remède à cet état de choses, l'ancien propriétaire fit faire une énorme quantité de plantations d'arbres blancs, peupliers d'Italie et du
Canada, afin d'ajouter quelque valeur à la
propriété. Ces plantations faites dans des
terrains arables, sans discernement, finirent
par gêner les fermiers qui renoncèrent à cultiver, la terre ne voulant plus produire.

Le propriétaire actuel ayant la pensée
d'améliorer, désira connaître d'abord les
ressources du terrain, les meilleurs moyens de
le fertiliser, si les revenus seraient en rapport
avec les avances qu'il était disposé à faire, si
enfin il trouverait dans cette entreprise un
placement favorable pour ses capitaux. Dans
ce but, il voulut avoir un plan raisonné de
culture, afin de juger en combien de temps, et
par quels moyens on peut arriver à un résultat avantageux. Mon premier soin fut donc,
après l'examen des terres, de dresser un projet
de culture qui fut adopté. Je passerai rapidement sur ce projet dont les détails se comprendront par l'exposé des opérations faites,
et de leurs résultats et bénéfices. Je dirai
seulement que, dans l'opinion publique, il

était généralement accrédité, qu'ayant affaire à un propriétaire extrêmement riche, je devais puiser à volonté dans d'immenses capitaux; combien par là, le résultat devait être facile? mais aussi qu'il était impossible à ceux qui n'avaient pas de fonds disponibles, de suivre la méthode dont on leur donnait l'exemple.

On verra par la suite, combien il a fallu, au contraire, agir avec discernement; on comprendra si le capital d'amélioration était des avances faites en argent, ou s'il a été créé par le travail et l'industrie. N'ayant aucune garantie de mon système à offrir au propriétaire, je mis une grande réserve dans l'emploi des capitaux, comme il sera démontré par la comptabilité. Je cherchai à créer moi-même un fonds de roulement et un capital d'amélioration; aussi je désire m'aider de ces preuves pour démontrer aux petits propriétaires, qu'avec la persévérance et l'activité, ils peuvent suppléer aux grandes ressources et amener leur culture à un certain degré de perfection. Nous pourrons conclure de ceci que, puisqu'avec le travail seul on peut fertiliser la terre, combien lui ferions-nous rendre si nous y joignions des fonds employés avec intelligence. Si on venait à comprendre ceci sérieusement, et qu'une partie des capitaux confiés à l'industrie le fut à la terre, on verrait bien vîte les fortunes doublées et la prospérité s'étendre chaque jour.

En présentant au propriétaire un plan de culture où le raisonnement fixait approximativement les chiffres qu'on pouvait espérer, il fallait encore lui prouver par des faits incontestables, et dès la première année, qu'on était dans le chemin du vrai. Par ce moyen seul, on pouvait gagner sa confiance et celle du public : ce fut par une marche progressive que l'entreprise eut son succès. Pour commencer, deux fermes, celle de Sainte-Christine (1) et du Bas-Canal, furent confiées à ma direction. Après avoir examiné et étudié quelle serait sous tous les rapports la marche la plus avantageuse à suivre pour arriver au résultat indiqué dans le projet, je parvins à prouver, par une augmentation graduelle des revenus, que nos efforts n'étaient point un rêve. Aussi, avant que les termes convenus fussent écoulés, d'autres baux étant arrivés à leur échéance, ils ne furent pas renouvelés. Le propriétaire n'hésita pas à me remettre une troisième ferme, celle de Chant-d'Oiseau, puis celle de Mortesson et celle de la Hacquinière, au fur et à mesure que les baux expiraient.

(1) Pour aider à la clarté de ce qui suivra, nous conserverons à chaque ferme, ainsi qu'à chaque pièce de terre, le nom qu'elle porte dans la localité.

Pour ne pas dépenser de grands capitaux, il fallut procéder lentement. Lorsqu'une ferme augmentait son rendement brut et son bénéfice net, elle venait au secours d'une nouvelle par l'alimention des produits qui manquent nécessairement à l'origine de chaque exploitation.

De toutes les matières de l'économie rurale, il n'y en a certes pas une qui soit plus difficile et plus compliquée que l'estimation des biens ruraux. Ils se composent ordinairement d'éléments très-variés, soumis dans chaque pays, dans chaque contrée, et même dans chaque canton, à l'influence d'une foule de circonstances qu'il est important d'étudier et de connaître à fond, si on veut asseoir son jugement sur des bases quelque peu solides.

Les prix des biens ruraux sont très-variés. Si on en recherche la cause, on verra que la valeur échangeable de chaque produit d'un fonds rural peut hausser, soit par le seul effet de demandes plus multipliées, soit par l'accroissement ou l'accumulation de richesses dans une contrée. Le perfectionnement de l'industrie agricole exerce aussi une très-grande influence sur la hausse. Il est donc naturel, que les circonstances opposées à celles que nous citons, agissent en sens contraire et en diminuent la valeur. Cette valeur peut également varier à l'infini selon les circonstances très-multipliées, parmi lesquels la nature du terrain, sa constitution, son exposition et le degré plus ou moins élevé de sa fertilité, sont autant de causes qu'on ne peut apprécier que par la connaissance exacte des localités. Outre ces quatre considérations principales qui agissent directement sur les produits, et qui sont, en définitive la seule mesure rationnelle de la valeur des fonds, il en existe d'autres ; telles sont encore : la position géographique du domaine sous le rapport de la proximité ou de l'éloignement des grands centres de la consommation, l'agglomération plus ou moins considérable de la population d'une contrée, sa richesse, son état moral et intellectuel, parce que toutes ces causes influent sur l'écoulement des produits.

Parmi les divers modes ou systèmes d'estimation des biens ruraux, il y en a deux qui sont le plus souvent pratiqués. Le premier, dit système traditionnel ou historique, est fondé sur la connaissance des faits antérieurs et relatifs à l'exploitation. Dans cette circonstance, on s'aide d'actes authentiques, tels que : contrats d'achats, états de lieux, baux des fermiers constatant la valeur locative de la terre.

Le deuxième mode d'estimation, le seul

par lequel on puisse se rendre un compte exact
et satisfaisant de la valeur réelle d'une terre,
exige des connaissances très-étendues dans la
physique et la chimie, dans les sciences agro-
nomiques, comme dans la composition et la
nature des terres; il demande encore des données exactes sur la qualité, la nature et la
valeur des produits. Ce n'est que par des
observations suivies avec soin, et pendant
plusieurs années, qu'on arrive à posséder des
points de comparaison sur lesquels on peut
baser son jugement avec connaissance de
cause.

Les terres de Lamotte-Chandenier se trouvent encaissées dans un vallon qui ne présente
pas tout à fait un plateau, parsemé de monticules légèrement inclinés dans diverses expo-
sitions. Aussi, n'est il pas rare de voir les
terres d'une même pièce changer deux ou trois
fois de nature. Il y a une telle différence entre
les natures de terrain, qu'elles ne peuvent, ni
sous le rapport physiologique, ni sous le rapport agronomique, être rangées dans la même
classe.

Une partie de la propriété contient des
terres sablonneuses avec sous-sol profond de
sable maigre. Il faut quelquefois descendre à
un mètre et demi de profondeur où se trouve
une espèce de marne sablonneuse. Ces terres

excessivement maigres deviennent tout à fait arides pendant une grande sécheresse où le soleil rend ce sable brûlant. Il se forme des monticules par des grains de sable très-fins qui se tassent l'un contre l'autre, de manière que l'humidité n'y peut pénétrer. On les appelle terres battantes.

D'autres terres sablonneuses ont un sous-sol argileux, de sorte que, dans une année humide, elles contiennent l'eau comme dans une éponge, et sont brûlantes pendant la sécheresse. Ces terres forment la majeure partie de la propriété, et s'étendent depuis la ferme de Mortesson, la Loge, Chant-d'Oiseau, Choyau, Maison-de-Garde, une partie de celle de la Patte-d'Oie, et une faible portion de la Hacquinière. Le reste des terres de la Hacquinière, celles de Sainte-Christine et du Bas-Canal, sont fortes, argilo-sablonneuses, ce sont les terres les plus riches de la propriété; mais elles ont un sous-sol argileux tellement compacte, que dans des années humides, elles sont baignées dans l'eau, et que, dans les années de sécheresse, il s'y forme des crevasses qui vont jusqu'à deux pieds de profondeur.

Dans les bas-fonds de ces terres, sont des prés naturels qui occupent l'emplacement d'anciens marais, ce qui est prouvé par une grande quantité de petits fossiles. Ces terres

3.

sont assez fortes; par leur position dans les bas-fonds, elles ne conviennent que pour les prés. Dans ces prés coulent trois ruisseaux dont le confluent, au milieu de la propriété, alimente les belles eaux des canaux et des douves qui baignent le château de Lamothe. En poursuivant leur cours, ces ruisseaux font tourner plusieurs moulins qui font également partie du domaine. Malheureusement, leurs eaux proviennent de sources excessivement froides, et l'expérience de plusieurs années a démontré qu'elles sont plutôt préjudiciables qu'avantageuses à l'arrosage des prés. Une seule circonstance pourrait le permettre sans inconvénient, ce serait dans les prés drainés où l'écoulement des eaux est plus rapide que dans les bas-fonds.

Malgré mon désir que cet ouvrage puisse avoir quelque utilité générale, je sens qu'il est des circonstances tellement locales, qu'il ne peut en avoir une réelle que pour les habitants de la contrée; aussi je crois inutile de développer plus longuement les inconvénients de ces sources trop froides, inconvénients que les riverains comprendront facilement.

Pour mieux raisonner le mode de culture et les améliorations introduites, il est nécessaire d'entrer dans le détail des diverses parties qui composent les deux premières fermes

livrées à l'exploitation au commencement
de 1847. Elles étaient louées à des fermiers
différents ; leur contenance était :

Terres arables. . . 47 hectares.
Prés. . . . . . . 4 » 50 ares.
Pâturages. . . . . 9 » » »
Total . . . 60 hectares 50 ares.

Ce sont ces deux fermes qui, lors de l'acquisition de la propriété, touchaient aux termes
de leurs baux ; les fermiers ne voulaient pas
les renouveler. Celui de Sainte-Christine qui
avait encore trois ans à faire, pria même
qu'on lui en fit grâce et qu'on résiliât son bail,
préférant devenir domestique et y trouvant
des avantages. Ces faits sont connus ici, mais
je crois devoir donner ces détails qui ne peuvent intéresser que des voisins, parce qu'ils
prouvent l'épuisement des terres, et combien
elles avaient besoin d'une culture bien dirigée.

En général, les terres près des fermes sont
arables ou terres à froment proprement dites,
très-fortes de façons avec un sous-sol argileux.
Les fermiers pourvus de faibles attelages de
bœufs ne pouvaient pas, dans une année de
sécheresse, y faire pénétrer leur araire, tandis que, dans les années humides, les terres
restaient souvent non ensemencées. Elles
étaient divisées en petites pièces, sans aucun

discernement ni étude des pentes ménagées pour décharger les eaux dans des fossés. Ceux-ci étaient entourés d'un double rang de peupliers d'Italie ou du Canada, dont les racines, s'étendant au milieu des pièces, quelquefois même se rejoignant, empêchaient la fertilité; aussi les fermiers recueillaient-ils à peine le double de leur semence.

Quant aux terres plus éloignées des fermes, elles contiennent en majeure partie des silices très-fines avec un sous-sol argilo-sablonneux, abandonnées de longue date par les fermiers, comme terres entièrement improductives. Il est facile de citer les noms de ces pièces de terre ainsi que ceux des gens les plus âgés du pays, qui, de temps immémorial, les ont vues délaissées, ne produisant même pas de pâturages. Les anciens propriétaires avaient essayé d'y faire des plantations, dont les arbres, après vingt ans de végétation, représentaient une valeur de 3 francs la pièce. Telles étaient les friches de Mortesson, de Chant-d'Oiseau, les pièces de la Boucannerie, du Pont-de-Jué, du bois de Saint-Hilaire, de la Maligrette (1).

(1) On peut citer quelques personnes des plus âgées et des plus dignes de foi qui ont attesté ne les avoir jamais rien vu produire. Les principaux sont : Drouet, père, âgé de 92 ans, et Malécot Jacques-André, âgé de 85 ans.

Je m'étendrai davantage sur ce sujet lorsque je traiterai des dépenses d'amélioration, et de la manière dont on s'y est pris pour fertiliser ces terres si ingrates et si rebelles à toute végétation. Les uns m'ont traité de fou, d'autres plus modérés dirent : vous serez le bon Dieu si vous parvenez à y faire venir du blé. Les uns et les autres sont bien revenus de leur erreur, et n'ont pas tardé à profiter de l'exemple.

On trouve encore dans la propriété de grandes avenues plantées d'arbres. Toutes ces avenues, abîmées par les voitures, sillonnées d'ornières, portent le nom de pâturages.

Chez le fermier, le froment joue toujours le principal rôle, il le considère comme la seule denrée de vente capable de lui payer son fermage. Il y joint la culture d'une partie de pommes de terre, qui lui sert de nourriture, en même temps que pour l'engraissage de quelques porcs, partie pour son usage, partie pour la vente; quelques boisselées (1) de trèfle incarnat comme fourrage vert, qu'il fait consommer au commencement du printemps.

En s'arrêtant un peu sur la nature physio-

(1) Une boisselée de ce pays est de 5 ares 28 centiares. Si je me sers de cette expression, c'est pour être mieux compris des personnes de la localité qui sont plus habituées à leurs anciennes mesures qu'aux nouvelles.

logique de tous ces produits, nous nous demandons quelles étaient, dans ce système, les compensations données à la terre en échange de l'épuisement occasionné par les récoltes. Il faut, pour cela, connaître la quantité d'engrais que le sol recevait périodiquement.

Si ce travail était un véritable plan de culture, j'aurais formé un tableau des produits annuels de la culture des fermiers, de la distribution du fourrage par bête, ou de leur nourriture pendant la période d'une année, afin de pouvoir évaluer la quantité de fumier obtenu. Comme je l'ai dit plus haut, j'écris principalement pour la classe de cultivateurs moins avancés dans la science agronomique; je me bornerai à des comparaisons plus simples, qui, peut-être, ne seront pas aussi scrupuleusement exactes, mais qui ne pourront pas induire en erreur; elles seront plus faciles à retenir et pourront servir de base.

Les fermiers de Sainte-Christine et du Bas-Canal, possédaient vingt-six têtes de gros bétail parmi lesquelles quarante moutons qui équivalent à quatre bêtes à cornes, deux truies qui, avec deux portées par an, donnent autant de fumier qu'une bête à cornes, seulement il ne peut y être comparé étant beaucoup moins fertilisant. Si ces vingt-six bêtes restaient en stabulation, c'est-à-dire dans l'étable toute l'année, et qu'on pût leur donner la litière en abondance, on obtiendrait dix charretées (1) de fumier par chaque tête de gros bétail. Comme ces bêtes sortaient toute l'année dans les pâturages, il est évident que la moitié de l'engrais était perdu dans les champs; ayant ensuite une petite quantité de litière et une nourriture insuffisante, on peut donc porter à cinq charretées dans l'année le fumier par tête de bétail, ce qui, pour 26 bêtes, ne nous donne pas plus de cent trente charretées de 1,000 à 1,300 kilogrammes.

La culture des fermiers était biennale; ainsi sur les 47 hectares que renfermaient les deux fermes, on pouvait seulement ensemencer, tous les ans, 23 hectares 50 centiares, qui, avec les 4 hectares 50 centiares de prés naturels, formaient 28 hectares qui devaient recevoir le fumier, y compris le jardin potager qui était adjoint à l'ensemble de ces deux fermes. Chaque hectare recevait donc, au maximum, de quatre à cinq charretées de fumier ou 4,500 kilogrammes tous les deux ans.

En considérant l'épuisement occasionné par les récoltes, dans des terres fumées par d'aussi faibles proportions, le rendement du blé étant

(1) Une charrette du pays contient de mille à treize cents kilogrammes de fumier.

de 9 à 12 hectolitres nous donne une moyenne
de 10 hectolitres ou 75 kilogrammes, poids
ordinaire qui, multiplié par 10, présente 750 kilogrammes. En admettant que, pour entretenir
la terre dans un état satisfaisant de fécondité,
il faille 100 kilogrammes de fumier pour 10 kilogrammes de grains, le rendement de 10 hectolitres ou 750 kilogrammes de grains, réclame-
rait donc 7,500 kilogrammes de fumier, au
moins par hectare; si nous repartissons les
130,000 kilogrammes de fumier entre les 28 hectares, nous verrons qu'ils recevaient chacun
annuellement 4,642 kilogrammes. La différence en moins était donc de 2,85 kilogrammes par hectare. La culture maintenue dans
ce système ne pouvait qu'épuiser le sol, qui,
une fois dans cet état, se refuse à toute production.

Pour rendre plus clair ce raisonnement, il
faut établir un calcul sur l'augmentation et la
diminution de fécondité qui résulte de ce mode
de culture.

Si la fécondité naturelle d'un terrain est de 100°
On y ajoute 10 quintaux de fumier qui
  forment. . . . . 25°
Une jachère morte équivalent à un cin-
  quième de fumier. . . . . 5°

La richessse du sol peut être évaluée à. . 130°

Si l'on déduit de cette somme la valeur de l'appauvrissement occasionné par la récolte (1), la somme de degrés qui restera, indiquera la fécondité naturelle du sol, et c'est sur ces degrés que la rotation suivante recommencera. Or, si la fécondité naturelle du sol diminue par degré, sa fertilité s'amoindrit chaque jour avec la diminution du grain qui entraîne celle de la paille, laquelle à son tour entraîne celle du fumier. En observant bien, il est plus que probable que la quantité d'engrais qu'on suppose ne pouvait être atteinte, en réalité; ce qui devient très-clair, si on remarque que la faible quantité de foin, relativement au nombre d'animaux, avait forcé les fermiers d'augmenter leurs rations par la paille, ce qui, par conséquent, diminuait la litière. La quantité de fourrage et de paille était à peine suffisante pour la consommation des animaux. Celle d'engrais, produite annuellement, et appliquée à la culture, était bien au-dessous de l'épuisement produit par les récoltes, et ne pouvait, en aucune manière, offrir à la terre quelques parties fertilisantes. Il faut ajouter, que le système des fermiers était de fumer les bonnes

(1) Un hectolitre de blé épuise la terre de 6° 1|2.
Un id. de seigle id. de 5°
Un id. d'orge id. de 5° 1|2.
Un id. d'avoine id. de 2° 1|2.

terres, et d'abandonner les autres, ou de ne
les cultiver que tous les deux à trois ans.

Ces deux fermes étaient louées. . 1,717 fr.

Desquels il fallait déduire les impôts fonciers restés à la charge du
propriétaire, qui se montaient à la
somme de. . . . .   337 fr.

Les revenus pour le propriétaire
étaient donc de. . . . . 1,380 fr.
nets par an. Il fallait encore en déduire l'entretien des bâtiments qui était resté à sa charge.

Le revenu de ces deux fermes représente
une valeur de capital foncier, qui, en se rapportant à l'usage du pays, où les terres s'achè-
tent à raison de 2 1|2 0|0, nous donne, pour
un revenu de 1,380 francs, un capital de
55,200 francs (1).

Par une culture rationnelle, améliorante,
avec une administration sage et éclairée, en
augmentant la fertilité du sol, on en augmente
le rendement en proportion, et une propriété
acquiert une valeur foncière en rapport avec
l'accroissement du revenu.

(1) Cette estimation fut faite par un expert patenté de
Loudun, avant la vente de la propriété, homme très-habile
dans ces sortes d'expertises, qui a eu l'obligeance de me
communiquer ses notes, où l'estimation est faite pièce par
pièce, et porte la valeur totale du capital à la somme
de 55,509 francs.

Nous chercherons à démontrer comment nous avons créé des capitaux, quelles sont les avances faites et à quel taux, et quels avantages enfin on obtient en plaçant des fonds dans l'agriculture. L'industrie agricole, étant un composé d'une infinité d'opérations liées entre elles, il importe, avant tout, d'en faire ressortir le point capital. La culture des champs, aussi bien que toute autre branche d'industrie, est moins le but de l'entrepreneur qu'un moyen d'arriver à une augmentation de revenu, qui est le seul résultat définitif de toutes les opérations réunies et exécutées d'après un certain système et à l'aide de certains moyens. Il s'ensuit naturellement que plus ce système est parfait relativement, c'est-à-dire le plus en rapport avec les principes d'après lesquels on agit, et les circonstances, soit physiologiques, soit économiques de la localité, plus les moyens employés sont liés entre eux; plus parfaite et plus rapide est leur action sur certaines branches ou sur l'ensemble de l'exploitation; plus certain et plus favorable aussi sera le résultat. Mais, quel que soit le système d'après lequel on cultive, et quelle que soit la destination que l'on donne ensuite aux produits, il est toujours certain que c'est la terre qui forme la base principale de toute exploitation rurale; c'est d'elle dont on doit s'occuper en premier lieu, parce qu'en effet, toutes les autres branches de l'exploitation ne sont que secondaires.

Le sol ne produit qu'en raison de sa fécondité ou facultés productives; c'est pour cela, sans doute, que, dans un mode raisonné de culture, il n'y a pas de règles générales, mais seulement deux principaux modes d'aménagement. Le premier ayant pour but la conservation de la richesse du sol, toujours au même point de fertilité, et non son accroissement; le second, au contraire, un accroissement progressif et continu de la fertilité et de la richesse du sol.

En général, les fermiers tiraient la majeure partie des revenus des terres arables; celles-ci, ne recevant qu'une préparation légère, un fumier médiocre, leur détérioration complète devait nécessairement tôt ou tard être la conséquence finale. En recherchant les causes principales de ces mauvais effets, nous dirons ce que tout cultivateur comprendra parfaitement : c'est que dans une exploitation rurale placée dans des circonstances telles que celles des deux fermes en question, la proportion rationnelle des engrais avec l'étendue du terrain et la qualité du sol était la condition la plus indispensable. Quand au système suivi, il était d'une fausse combinaison, et, comme en toutes choses, quelque cause principale qui do-

mine, c'était le défaut de capital qui liait le
bras du fermier; parce qu'en définitive, quoiqu'on dise et quoiqu'on fasse, il n'est pas
moins vrai que c'est toujours le capital qui
est le nerf de toute entreprise. Aussi, avant
d'entrer dans cette voie, un propriétaire doit
se pénétrer des principes raisonnés d'une
bonne culture, étudier à fond toutes les circonstances qui peuvent influer sur l'adoption
et l'exécution des travaux, examiner ses forces
morales, physiques et pécuniaires; ensuite,
au moyen de calculs, en faire ressortir les
avantages les plus stables et les plus positifs.

Les terres ne produisent qu'en raison de
leur fertilité, qui est elle-même un produit
composé, résultant ou se rapportant, soit à la
constitution naturelle du sol, à sa composition
chimique ou son exposition, soit au climat de
la localité où il est situé. D'autre part, des
causes économiques ou agricoles parmi lesquelles on doit admettre la préparation plus
ou moins parfaite, ainsi que d'autres soins
donnés au sol, la quantité d'engrais affectés à
la culture, le choix ou la succession plus ou
moins judicieuse des plantes que l'on produit;
l'étude et l'observation des phénomènes dûs à
ces différentes causes ont donné lieu aux mé-
thodes perfectionnées de l'art agricole : c'est
donc au cultivateur à en faire l'application. Il

est vrai que les premiers motifs de fertilité du sol ne dépendent pas de sa volonté; il ne peut pas, en effet, changer le climat d'un pays, non plus que l'exposition d'une pièce de terre. Toutefois, un cultivateur éclairé peut souvent opposer des modifications favorables à la constitution du sol, et agir ainsi sur sa fertilité par des procédés artificiels, s'il en a les moyens; tels sont : le chaulage, le marnage, le défrichement, le dessèchement, le nivellement, qui sont toutes des améliorations d'une haute portée pour chaque cultivateur, qui doit toujours user de celui de ces moyens qui se présente, car les terres s'enrichissent promptement et sans qu'il soit besoin de grands sacrifices. Quelquefois la propriété peut elle-même fournir tous les amendements : il n'y a que le temps d'employé; aussi, comme le disent si justement les Anglais, l'agriculture demande deux choses essentielles : le temps et l'argent; et, selon les circonstances, le temps est parfois préférable à l'argent.

Les productions principales des anciens fermiers étaient les céréales, qui se succédaient continuellement sur les mêmes champs, les laissant une année en friche. C'était ce qu'on appelle le système biennal dont les avantages sont très-nombreux pour un cultivateur qui ne peut faire que de faibles avances, et qu'un

bail de courte durée ne permet pas d'attendre
assez longtemps pour rentrer dans ses fonds.
Il ne peut donc pas faire les dépenses ou sacrifices qui ne peuvent amener de bons résultats
que dans un avenir éloigné. Ce système biennal est des plus convenables pour celui qui
veut profiter le plus tôt possible, avec moins
de dépenses, sans s'occuper d'un avenir loin-
tain. En ne cultivant que la moitié du terrain,
on a besoin de moins d'attelages, en même
temps que d'attelages moins forts; ceux-ci
sont plus accessibles aux petites bourses, et
aussi moins coûteux pour la nourriture. Les
frais de la main-d'œuvre peuvent être faits entièrement par le fermier lui-même, auquel ils
ne nécessitent aucun déboursé.

Dans ces travaux simples et sans art par la
manière dont ils sont répartis, le fermier peut
les exécuter seul ou avec l'aide d'un domestique. Il lui reste assez de temps après les travaux printaniers pour cultiver les jachères,
donner plusieurs labours, charroyer les engrais, les étendre et les préparer, enfin ensemencer de bonne heure la récolte la plus importante, après avoir retenu ce qu'il faut pour
la consommation annuelle; le reste sera donc
pour la vente ou revenu. Il est incontestable
que cette méthode est bonne pour de petites
bourses qui ne font pas d'avances sérieuses,

et qui trouvent le paiement de leur fermage dans la récolte de cette moitié du terrain cultivé en grains les plus recherchés, et dont la vente est la plus facile et la plus avantageuse. Mais pour que ces avantages tournent au profit du cultivateur, il faut impérieusement pour condition que les parties fertilisantes soient en rapport avec les sucs absorbés par les plantes, dans la proportion particulière à chacune d'elles. La plus puissante influence pour la réussite des produits est la quantité d'engrais que l'on emploie à leur culture. Dans une localité où il est impossible de se procurer des engrais, autrement qu'en les fabriquant chez soi, il est évident qu'il faut un certain nombre d'animaux destinés à les fournir. La quantité des engrais dépend de celle des fourrages qu'on peut donner aux bestiaux. Il faut donc, à côté des terres arables qui fournissent la paille, posséder suffisamment de prés naturels ou artificiels qui donnent une quantité de foin, propre à fournir avec la paille les engrais correspondant, au moins, à la quantité du principe fertilisant enlevé annuellement aux terres par la récolte; alors l'équilibre des forces productives est maintenu, et ce système peut être appelé strictement conservateur.

Il faut encore observer que la jachère ne

doit pas être confondue avec l'état de friche, où on laisse la terre dans le repos. Pour que le repos lui soit profitable, il faut que le chaume soit retourné aussitôt après la récolte, afin que la terre végétale soit exposée à son tour à l'action de l'atmosphère. A l'aide d'un nombre plus ou moins grand de labours, exécutés avec de bonnes charrues, on retourne, on remue bien le sol, on le divise, on empêche ainsi la formation des mottes, qui, en se durcissant, mettent obstacle à la végétation ; les labours répétés, les hersages, les roulages, sont les moyens de destruction des mauvaises herbes, qui, ramenées souvent à la surface, déchirées et écrasées par des instruments appropriés à ce travail, exposées à l'air, quelquefois, par un soleil brûlant, finissent ordinairement par périr.

Lorsqu'on laisse la terre une majeure partie du temps en friche, sous prétexte de procurer une nourriture aux bestiaux, le terrain s'infeste de plus en plus de mauvaises herbes. La terre n'a nullement besoin de repos ; il est reconnu qu'abandonnée à elle-même, elle produit constamment. Ce qui lui plaît, c'est de porter alternativement des plantes variées. L'organisation différente de chacune de ces plantes, leur manière de puiser la nourriture nécessaire à leur végétation et au développement de leur produit, soit dans le sol, soit dans l'atmosphère, selon leur nature, leur action, enfin sur le sol comme sur les plantes qui leur succèdent, sont des connaissances indispensables à tout agriculteur. La destination de certains produits, c'est-à-dire l'état dans lequel ils sont enlevés à la terre, pour être employés comme grains ou comme fourrage vert, sont des causes qui, réunies ensemble, forment les principes d'une bonne culture. Le point principal est la production des fourrages ; de là, l'augmentation des produits des animaux, l'abondance des engrais et l'amélioration du sol. En adoptant le système de culture alterne, on doit chercher à augmenter autant que possible la masse des fourrages.

Les terres du domaine de Lamothe sont en général sablonneuses, éminemment propres à la culture de la pomme de terre qui y est introduite en grand. Il est reconnu qu'un des principaux défauts des terres sablonneuses, est d'avoir peu de consistance et pas assez d'adhésion avec le fumier, qu'elles ont la propriété de décomposer plus promptement et d'en laisser passer la nourriture aux plantes végétales. Aussi est-il avantageux de les labourer moins en les fumant le plus souvent possible. Ces terres demandent plutôt un fumier très-consommé qu'un fumier pailleux.

Il est encore une considération qui influe beaucoup sur l'exécution économique d'un système quelconque, c'est l'abondance et le prix de la main-d'œuvre ; c'est surtout au début d'un nouveau mode de culture que cette question mérite toute l'attention et la sollicitude du cultivateur. Malheureusement pour le département de la Vienne, la population y est peu nombreuse ; aussi est-on souvent obligé d'avoir recours aux habitants des départements voisins pour faire exécuter les travaux des champs ; les petits cultivateurs se plaignent continuellement du manque d'ouvriers. Jusqu'à présent, il n'ont pas fait défaut sur les terres de Lamothe ; cela vient, sans doute, de ce que, dès l'origine, j'adoptai un mode très-recherché dans le département, qui est de donner ce qu'ils appellent les métives, ce qui consiste à faire récolter, battre le grain, et à payer par le septième de la récolte.

Quant aux ouvriers qui viennent de loin, ils sont ce qu'on nomme vulgairement les *berlaudins*. Ils habitent les côteaux où ils sont occupés à soigner leurs vignes ou celles de riches propriétaires jusqu'au moment de la moisson, A cette époque ils arrivent, marchant par bandes, accompagnés de leur famille et d'une partie de leur mobilier. La plus grande partie des fermiers, manquant d'ouvriers, sont forcés de

les employer; mais une fois la moisson finie,
ils les laissent partir, soit qu'ils n'aient pas
d'autres travaux à leur donner, soit que l'ouvrier lui-même ne veuille pas rester. Ce sont,
au reste, d'assez mauvais travailleurs, sous
tous les rapports, insubordonnés, ne voulant
pas s'attacher à la culture et quittant les fermes le plus tôt possible : aussi, ne dépend-il pas
toujours du cultivateur de faire exécuter ses
travaux dans le temps propice à chacun
d'eux.

En signalant les inconvénients de ces ouvriers nomades, il est juste d'ajouter le moyen
de s'en procurer de stables. Les campagnards ne possèdent pas, en général, dans ces
contrées, assez de bien pour être occupés chez
eux toute l'année; au moment des travaux
pressants, ils se louent à des prix très-élevés;
il est donc nécessaire que le cultivateur et
l'ouvrier trouvent chacun leur avantage, et
que les travaux de l'un ne souffrent pas aux
dépens de ceux de l'autre. Les propriétaires
qui font exécuter les travaux eux-mêmes, doivent s'organiser de telle sorte que leurs ouvriers
soient en nombre suffisant pour être employés
toute l'année, de manière qu'en exécutant les
travaux de celui-ci, ils aient le temps nécessaire pour les leurs. En assurant à l'ouvrier
son travail de toute l'année, vous l'attachez

au sol qu'il cultive et qui lui permet de plus larges moyens d'existence. Ayant des travaux assurés, il peut s'il met de l'économie, acheter quelques morceaux de terre et se bâtir une maisonnette; étant fixé pour l'avenir, les liens de famille s'augmentent et la population tend à s'accroître.

Le propriétaire ne peut que se bien trouver de cette méthode de prendre les ouvriers à l'année; quant à ceux-ci, ce qui prouve combien ils l'apprécient, c'est que chaque jeune homme qui se marie vient à Lamothe voir s'il se trouve une place de métivier. Ils savent que l'ouvrage ne manque pas pour l'homme comme pour la femme pendant toute l'année (1).

Parmi tant de considérations qu'on doit étudier et peser à fond, une de celles qui demande la plus grande attention, avant tel ou tel assolement, c'est de savoir quelles plantes on doit cultiver, et celles qui seront les plus avantageuses à vendre, parce qu'une des conditions les plus essentielles d'un bon assolement, est de prévenir autant que possible le retour fréquent des mêmes plantes ou même famille de plantes dans les mêmes sols. Ceci force à en introduire plusieurs variété; cette règle a aussi ses limites, et n'est

(1) Voir à la fin du volume un engagement entre le propriétaire et l'ouvrier, concernant les métives.

applicable, en réalité, qu'autant que le climat et la nature du terrain le permettent.

Une condition importante se présente tout de suite, c'est qu'il ne suffit pas d'introduire dans votre culture des plantes diverses; l'essentiel est de choisir celles qui offrent les plus grands avantages sous le rapport de l'économie, telles que celles qui se vendent le plus facilement et qui nous rapportent le revenu le plus clair et le plus net. Quant aux plantes fourragères, il faut choisir celles qui donnent les fourrages les plus succulents et les plus abondants avec le moins de dépense possible.

Sans aller chercher au loin, on a adopté les mêmes végétaux qu'on cultivait sur la propriété : ce sont les céréales d'automne qui jouent le principal rôle. La culture du froment est préférable à celle de toutes les autres céréales, ensuite le seigle qui entre pour moitié dans le pain du campagnard semble nécessiter la production de cette céréale de préférence à l'avoine, qui ne s'emploie que pour la nourriture des animaux. En examinant et en étudiant le sol sur lequel on opère, on voit que le rendement en seigle est, en général, aussi fort qu'en avoine, et, comme les terres sont extrêmement humides au printemps, on ne peut ensemencer de bonne heure; l'été étant très-sec, l'avoine réussit mal; c'est pourquoi il est préférable de cultiver sur les terres de Lamothe les céréales d'automne, blé et seigle. En jetant un coup d'œil sur la nature de ces terres, on verra qu'elles ne se prêteraient guère, au moins pour le moment, à la culture des autres plantes. Celle de la pomme de terre y est favorable; puisque la majeure partie de ces terres est siliceuse, et que ces sortes de terres, à cause du peu de cohésion qu'elles contiennent et la propriété qu'elles ont d'absorber très-promptement l'engrais, ont besoin d'être fumées plus souvent, par conséquent la durée de leur rotation peut être peu étendue. Aussi, d'un côté pour maintenir la proportion convenable entre les plantes qui donnent le fourrage proprement dit et celles qui fournissent les grains et la paille, de l'autre pour éviter le retour trop fréquent des mêmes végétaux sur les mêmes terrains, enfin, pour rapprocher autant que possible l'époque des fumures, il est établi un assolement de quatre ans :

1re Année. — Pommes de terre, turneps, raves limousines;

2e Année. — Céréales d'hiver, froment et seigle;

3^* Année. — Trèfle rouge et incarnat, ou la vesce.

4e Année. — Céréales d'hiver, froment et seigle.

Voulant connaître si la quantité d'engrais produits par le système d'assolement, sera suffisante pour réparer l'épuisement occasionné périodiquement dans le sol par les récoltes, et pour laisser en outre une certaine quantité à titre de dédommagement, ou mieux encore d'amélioration continue, on comprendra facilement que les fourrages produits sur la moitié des terres arables, la paille produite sur l'autre moitié dont la quantité grossie par celle des prés naturels, étant consommés dans les fermes, retournent tous les ans au sol comme fumier.

Selon Thaër, le plus illustre agronome que l'Europe ait possédé, de Dombasle, Gasparin et d'autres non moins célèbres, c'est le système qui convient le mieux pour les terres épuisées ou peu fertiles, aussi la proportion des fourrages, comparée aux céréales, c'est-à-dire les plantes améliorantes à celles qui sont épuisantes, est beaucoup plus forte que dans aucun autre assolement. En outre, il laisse la latitude de fumer le plus souvent possible, pour soutenir les terres sablonneuses. Il s'ensuit qu'avec la culture biennale dont les fermiers avaient l'habitude, il a été plus facile d'introduire les plantes améliorantes, sans aucun frais ni la nécessité de doubler la récolte ce qui est un très-mauvais principe.

On put semer les pommes de terre sur le fumier que laissa le fermier sortant. Il est vrai que ce fut une faible ressource. En semant une partie en vesces de printemps, on a un bon fourrage vert pour les animaux, surtout en ensemençant les terres les moins épuisées. On sait que cette plante employée en fourrage vert prépare parfaitement les terres pour le froment. On peut être certain d'avoir de bon blé après un bon coupage de vesces; cela vient de ce que les vesces étant bien garnies, étouffent toute autre végétation, et conservent au sol une certaine humidité; de sorte qu'en ayant soin de retourner la terre aussitôt que la récolte a été enlevée, on ne permet pas au soleil de durcir la croûte : le sol se trouve meuble et propre. Quelquefois l'extirpateur ou un léger labour suffisent pour ensemencer la récolte d'automne. On put ensemencer une grande partie de trèfle rouge dans les récoltes de blé faites par les fermiers; il est vrai que le trèfle demande des labours profonds, des terres bien ameublées et propres, dépourvues de toutes plantes parasites. Quoique la récolte n'en fut pas aussi bien assurée, il produisit de très-bons pâturages. En somme, la culture biennale donna une grande facilité pour entrer dans une culture alterne, améliorante, sans grandes secousses, ni sacrifices. Elle fut plus avan-

4.

tageuse, sous ce rapport, que la culture trien-
nale, qui en eut demandé davantage. Là,
souvent, on est obligé par la force des choses
de continuer l'ancien cours de rotation, afin
d'avoir la paille nécessaire pour la litière.

Il est bien entendu qu'il faut placer chaque
plante dans le sol qui lui convient le mieux.
Les terres fortes et riches, de nature argileuse
ou argilo-siliceuse, doivent porter alternativement la turneps, la rave limousine, la
vesce, le haricot, le froment.

Les terres légères, sablonneuses ou siliceu-
ses, moins fécondes, porteront la pomme de
terre, le trèfle incarnat et le seigle. Dans ces
terres on ne mettra le trèfle rouge que quelques années plus tard, car il demande plusieurs années de bonne culture et de bonne
fumure pour produire, il réclame un sol bien
approprié et bien amendé.

Il est essentiel, quel que soit l'assolement
adopté, que le cultivateur partage également
la propriété, non-seulement dans son étendue, mais que chaque espèce ou nature de terrain soit divisée en autant de parties égales. C'est
une des conditions principales d'une bonne économie; elle est d'une très-grande importance,
tant pour l'exécution et la distribution des travaux que pour celle des engrais. Ayant vos
terres de différentes natures dans le même

sol, ou même assiette, pour se servir de l'expression de nos campagnards, vous distribuez
le travail selon l'urgence ou la nécessité, car
le cultivateur ne dépend pas toujours de lui-
même, le temps est souvent le maître absolu
de son ouvrage; aussi est-ce à l'homme à le
gouverner, de manière à pouvoir déjouer tout
ce que la nature peut y apporter de contraire.
Quelquefois il succombe, car elle est plus
forte que toute prévoyance humaine.

Le morcellement du sol est un grand inconvénient pour certains travaux, c'est ce que
nos campagnards envisagent le moins, et ce à
quoi il devraient faire la plus grande attention. Un enrayage de charrue de 500 mètres
de long fera le double d'ouvrage dans un
temps donné, avec moins de fatigue pour
l'homme et les animaux, qu'un autre de 100 mètres. Que devons-nous dire de tant de pièces
qui nous environnent, et qui ont souvent au
plus 50 mètres ?

Chaque fois qu'on arrive au bont, il y a
nécessairement interruption de travail, il faut
le temps de tourner la charrue, quelquefois
de changer le régulateur, l'homme et l'animal
ne prendaient-ils qu'une minute de repos, il
peut s'y ajouter mille circonstances imprévues
qui, souvent multipliées, font que le temps
s'écoule, et le travail n'avance pas. Dans un

long enrayage, le temps perdu diminue en proportion de sa longueur; aussi le précepte de l'agronome anglais que : « le temps est l'argent, » ne peut être mieux appliqué qu'ici.

Dans un assolement de quatre ans, où l'on a la moitié de la récolte en grains, l'autre moitié en fourrage qui doit être consommé par les animaux, la question qui semble se poser d'elle-même, est : Quels seront les animaux destinés à consommer les fourrages, et à fournir le fumier en échange ?

Dans une exploitation rurale, les animaux ou bestiaux se divisent en deux classes : les animaux de travail, tels que les chevaux et les bœufs paient leur rente par les travaux qu'ils fournissent. Ils doivent être regardés comme un capital fixe, car ils sont d'une nécessité absolue (1). Les autres, tels que les bêtes d'élevage ou d'engraissement dont le nombre et l'espèce peuvent varier selon les circonstances, sont regardés comme une branche de spéculation.

L'agriculteur doit faire son choix d'après les circonstances des différentes espèces d'animaux qu'il peut employer comme bêtes de travail. Ces espèces se composent du cheval,

(1) En traitant plus loin de la comptabilité rurale qui est d'une absolue nécessité pour un cultivateur, il sera indiqué le mode qu'il faut employer pour l'évaluation des travaux des animaux de trait.

du mulet, de l'âne, du bœuf. Chez de petits cultivateurs on attelle même des vaches.

C'est une grande question à résoudre que de savoir auquel de ces animaux on doit accorder la préférence. Il est difficile de donner un conseil pour engager à prendre telle ou telle espèce; cette question ne peut être résolue que sur place; il y a des temps, des circonstances infinies qu'il faut connaître, voir et examiner par soi-même, pour pouvoir juger et apprécier quel animal convient mieux.

Sans contredit, le cheval est préférable à tous les autres animaux; il s'accommode à tous les travaux agricoles; il n'est pas besoin, pour lui, d'en faire le choix; il va dans tous les chemins, ne craint aucune température, exécute les travaux plus rapidement et se soutient davantage que le bœuf. Aussi, un charretier se trouve employé plus longtemps qu'un conducteur de bœufs. Le bœuf emploie sa vigueur plus avantageusement, il arrache avec une force régulière et suivie, mais lente; le cheval, par sa vivacité, empêche quelquefois et évite les inconvénients.

Le mulet est plus sobre que le cheval; il vit plus longtemps; il est propre à tous les travaux agricoles; il est plus fort, plus robuste, supporte une plus grande fatigue. Son inconvénient est d'être plus cher. Son pied un peu étroit enfonce davantage dans les terres molles, par conséquent il abîme le terrain et se fatigue beaucoup; en outre, il peut devenir vicieux, s'il est maltraité par le conducteur qui le soigne. Dans une ferme où il doit y avoir beaucoup de charrois et où les chemins sont mauvais, le mulet doit avoir la préférence.

Le bœuf exécute tous les travaux agricoles aussi bien que le cheval, surtout quand il est bien nourri; il peut faire autant d'ouvrage, son labour est meilleur parce qu'il tire régulièrement, que les terres soient faciles ou non, tandis que le cheval tire par saccades. Il coûte moins cher, son attirail est moins considérable, sa nourriture est meilleur marché et sa valeur ne diminue pas; quand il est bien entretenu et qu'on ne le conserve pas trop longtemps, il en acquiert même quelquefois; de sorte qu'en le vendant plus cher qu'on ne l'a payé, on retire la rente avec son capital. Il est assujetti à moins de dangers et d'accidents que le cheval; il demande moins de pansements et donne plus de fumier. Le cheval diminue tous les ans de valeur et finit par se réduire à rien : le capital est absorbé complètement, et on est forcé de le renouveler.

Lorsque dans une ferme les travaux sont faciles et sans interruption, ils peuvent se faire par des bœufs. L'expérience a prouvé que le hersage est aussi bien exécuté par les bœufs que par les chevaux dans les terres meubles, mais que dans les terres motteuses, les bœufs se fatiguent beaucoup, parce qu'ils ne peuvent supporter la secousse continuelle, surtout s'ils sont attachés par le joug.

On a tort de dire que les bœufs ne peuvent pas travailler l'hiver; avec une bonne nourriture, ils supportent aussi bien le froid que le cheval; seulement ils souffrent plus de l'humidité, on ne peut pas les tenir aussi longtemps à la pluie. Quelquefois les mauvais chemins les empêchent de travailler.

Le climat et la nature du sol influent beaucoup sur le choix qu'on doit faire des animaux de travail dans telle ou telle localité; ce qui est avantageux dans un endroit, peut ne pas l'être dans un autre. Il y a des exploitations où les bœufs sont propres aux travaux qui s'y exécutent. D'autres, où les circonstances particulières, géographiques ou commerciales, doivent déterminer à ne se servir que de chevaux. Il y a aussi des considérations locales qui concernent les domestiques et qu'il faut envisager. On ne peut donner ici que des principes généraux. Ordinairement, ceux-ci se divisent en deux classes : le domestique maître et le domestique valet.

Les circonstances dans lesquelles se trouve

l'exploitation ont forcé d'avoir plusieurs maîtres domestiques. Dans chaque ferme, chaque maître domestique doit être marié; c'est lui qui, avec sa femme, dirige et nourrit tous les domestiques employés dans ladite ferme. Il semble qu'en général, on doit attendre plus d'attachement, de zèle et de fidélité d'une famille entière que d'un individu isolé.

Pour l'entretien et la nourriture des domestiques, surtout au début d'une exploitation, il faut apporter une grande attention à conserver les usages et coutumes de la localité, et prendre sous ce rapport les renseignements les plus précis. Il est rarement profitable d'y introduire des changements, même dans un but d'amélioration. On excite le mécontentement de gens qui regrettent leurs habitudes d'enfance. Certains pays ou localités ont leurs époques ou jours de fête, de même que certaine nourriture est regardée par eux comme nécessité hygiénique; il faut, sous ce rapport, se faire une règle de respecter les usages. Pour que tous soient satisfaits, pour que l'ordre et l'économie puissent subsister, il faut nécessairement prendre pour chef domestique un homme du pays qui est chargé de nourrir tous les autres domestiques attachés à sa ferme, en lui allouant un certain prix par chaque personne. Voici leurs conditions :

Chaque domestique en chef reçoit, comme gage fixe, 230 francs par an, plus la nourriture ainsi répartie : il est accordé par chaque homme, femme et enfant, au-dessus de douze ans, 5 décalitres de méteil par mois ou 60 par an. Les enfants au-dessous de douze ans reçoivent moitié en tout.

Pour l'ordinaire, c'est-à-dire : viande, épicerie, blanchissage et couchage, 7 francs 50 centimes par mois, par personne, ou 90 francs par an. Pour les enfants au-dessous de douze ans, 45 francs. Pour l'éclairage de la maison et des écuries, 20 francs pour toute l'année.

Pour boisson, une pièce de vin et deux pièces de demi-vin pour le domestique en chef ; en outre, la récolte d'une vigne qui se trouve ordinairement attachée à chaque ferme, selon son importance, c'est-à-dire d'un rapport de deux pièces de demi-vin par chaque homme. Les fruits des arbres fruitiers, qui sont en général d'une très-petite valeur, lui appartiennent, à l'exception de la récolte de noix qui est abondante, et sur laquelle il reçoit trente décalitres par an.

Il a le laitage d'une vache ; le produit en appartient au propriétaire.

Un jardin potager est attaché à chaque ferme ; les légumes en sont à son usage.

Il a la faculté de prendre des pommes de

terre pour la consommation de son ménage, ainsi que des œufs, avec la défense d'en vendre. Il remettra le surplus des œufs au propriétaire.

Il reçoit des primes d'encouragement ainsi fixées pour l'élevage de la volaille : pour chaque poulet ou canard, 5 centimes; pour une dinde, 10 centimes; sur la vente de chaque cochon de lait, 10 centimes, et au-dessus de six mois, 50 centimes. Sur la vente d'un cheval il a 5 francs, comme sur celle d'une paire de bœufs; pour un veau, soit élevé, soit vendu, 60 centimes; sur la vente de toute espèce de grains, il a 1 centime par chaque décalitre livré au commerce. Il aura la charge de nourrir quelques journaliers et de leur fournir à boire, lorsqu'il y aura nécessité d'en prendre pour faucher les chaumes. Sur la vente de la laine, il recevra 1 centime par livre, et nourrira les femmes chargées de tondre les moutons et de laver la laine.

La femme du domestique en chef de chaque ferme recevra pour toutes ses peines 100 fr. de gages, les 60 décalitres de méteil accordés par chaque tête, et rien de plus; elle devra se nourrir sur l'économie du ménage.

Chacun reçoit donc ainsi tout ce qui lui est nécessaire; mais avec l'expresse défense de rien vendre, même s'il trouve un excédant dans sa consommation; rien ne peut davantage entraîner dans l'indélicatesse un homme faible ou d'une vertu chancelante.

Lorsqu'un domestique a passé quelques années sous ma direction, s'il s'est conduit d'une manière convenable, montrant de l'aptitude à diriger les autres avec un certain ordre dans les idées, on récompense son travail en le mettant dans une nouvelle ferme, comme domestique en chef, lorsqu'on a reconnu en lui l'activité, la probité, une certaine pratique et justesse de coup d'œil pour l'exécution des travaux.

En arrivant dans ce pays, et me mettant à la tête des deux premières fermes qui me furent confiées, je fis venir de Nancy deux charrues de Dombasle; ces instruments furent regardés et examinés par tous, et chacun de répéter: «ce peut être bon ailleurs, et non ici;» de sorte qu'il fallut agir avec ruse et fermeté en même temps, flatter l'amour-propre des uns et tâcher d'exciter la bonne volonté des autres, afin de faire comprendre combien ces instruments perfectionnés étaient préférables à leur antique araire. C'était une critique continuelle, moins pourtant de la part des domestiques qui en avaient promptement compris, par l'usage, la supériorité, et, ce qui était pour eux la chose principale, une moins grande fatigue.

Un fait bien simple mit ces charrues plus en honneur en un jour que tous les efforts faits jusque-là. Il se présenta le renouvellement d'un bail avec un fermier; à cette occasion, je lui fis cadeau de deux charrues de Dombasle, avec la condition expresse de s'en servir. Cet homme avait un fils d'une douzaine d'années d'une faible complexion et que, par son manque de forces physiques, ses parents desespéraient de pouvoir livrer aux travaux agricoles. J'engageai à le faire labourer; ma proposition fut reçue avec dédain; mais chez les enfants, le désir de réussir développe souvent un orgueil qui veut vaincre; je me fis son mentor, et, dans une matinée, l'enfant comprit; il vit que l'adresse était préférable à la force pour gouverner ces charrues; et, avec un autre enfant du même âge, ils en conduisirent une attelée de quatre bœufs. Le père imita son fils, puis le domestique, qui ne voulut plus se servir des autres, tant il trouva de ce jour qu'elles étaient fatigantes, et l'on en fit un feu de joie.

Les domestiques qui sortent, en entrant chez de nouveaux maîtres, réclament les charrues du château de Lamothe (c'est ainsi qu'ils les nomment); quelques propriétaires se sont adressés à moi, pour leur en faire venir, ou leur en indiquer le moyen; d'autres, et c'est le plus grand nombre, sont de petits cultivateurs, qui, ne pouvant se décider à abandonner les anciennes, y sont pourtant forcés par l'exigence de leurs domestiques. Le maréchal qui est chargé de l'entretien des miennes, m'a assuré qu'il achetait des fontes toutes prêtes, à Saumur, les faisait monter chez lui, et en avait déjà vendu 130 dans le canton des Trois-Moutiers. A combien peu de chose tient quelquefois le progrès, et quel pas immense peut faire faire à l'agriculture un léger sacrifice! Il y a dix ou douze ans, on ne savait même pas, dans ce canton, comment arranger les blés (1) pour éviter d'en avoir de noir; ou, s'il se trouvait quelqu'un plus instruit, il faisait spéculation de son savoir. C'est dans ce cas, et d'autres semblables, que des inspecteurs agricoles seraient utiles.

Après avoir parlé du choix nécessaire des animaux de travail, il faut s'occuper des animaux dont l'élevage devient une spéculation et qui nous fournissent le fumier. Les espèces de bétail à élever dans une exploitation dépendent des circonstances de la localité, du temps, de l'industrie, ou de l'intelligence avec laquelle on les traite.

(1) On emploie 250 grammes de sulfate de cuivre, appelé aussi dans le commerce vitriol bleu, pour un hectolitre de blé. On le fait dissoudre dans l'eau bouillante; on en asperge le blé qu'on remue à la pelle pour le bien mélanger; on l'étend ensuite pour le faire sécher.

Dans le nombre des bêtes à cornes, on remarque une grande et nombreuse différence en les suivant de génération en génération. Ces changements successifs les font différer de la race primitive, car nous devons supposer la bête à cornes prise dans l'état sauvage et rendue animal domestique, pour les besoins de l'homme. Il est probable que le choix des animaux destinés à la propagation a contribué à produire une race distincte, et qu'ensuite le croisement a produit des variétés particulières. On forme une nouvelle race par l'accouplement de deux animaux de races différentes. J'ai fait le croisement de la race de Parthenay avec la race suisse, cotentine avec suisse, parthenay avec cotentine. Comme c'est en même temps pour le lait et la viande que j'élève ces animaux, j'ai donné la préférence à la race suisse du canton de Schwitz. Lorsqu'on veut former une espèce, on doit apporter un grand soin au choix du taureau.

Le taureau doit avoir la tête courte, le front large et crêpé, les yeux noirs et vifs, les cornes courtes, les oreilles bien placées, de gros naseaux, le cou fort et charnu, la poitrine large, les jambes courtes mais fortes, le corps long, le derrière large, les cuisses bien arrondies, la queue longue et bien couverte de poils, une démarche hardie et gaie, en un mot que l'animal se trouve proportionné de tout son corps; que le devant du poitrail ne soit pas plus large que le derrière. Il ne faut pas oublier que le taureau, plus large de la croupe, aura plus de force pour se tenir debout, et fatiguera moins une vache petite. En outre, le taureau produira des vaches qui donneront plus de lait, car toute la sécrétion du lait se trouve dans le derrière. Quelques personnes croient que pour avoir de beaux produits, il faut de grands et gros taureaux, elles font erreur; les taureaux de grande taille ont l'inconvénient de créer des veaux d'une grandeur disproportionnée, qui sont très-pesants et dangereux pour les vaches. Quelquefois le fruit que porte la vache se trouve plus fort que ses organes; cette circonstance rend le vêlage très-difficile et souvent dangereux.

Pour qu'une vache soit dans les conditions d'une bonne laitière, il ne faut pas qu'elle ait la même forme que le taureau; c'est-à-dire que la construction du sujet ne soit pas aussi disproportionnée. Le squelette doit être beau de forme, s'abaisser vers l'épine du dos et s'élargir en descendant, de manière à rendre le ventre gros et pendant. Le corps doit être long, le devant de l'animal étroit, la croupe large et proportionnée dans l'ensemble, les jambes, la tête et le cou minces, en un mot,

indiquant son sexe. Elle doit être gaie, vive
et de bonne humeur; le pis doit être pendant derrière entre les jambes, grand et non charnu,
au contraire, mince et présentant de grosses
veines à lait; les cuisses ne doivent pas être
épaisses. En général, les gens de la campagne
remarquent sous le ventre un creux très-sensible, dans lequel on peut mettre le pouce,
et qui indique une vache abondante en lait. Il
y a une méthode beaucoup plus certaine : celle
de M. Gainon de Bordeaux. Je ne puis la donner ici, n'y étant pas autorisé; mais les personnes qui la désirent, peuvent s'adresser à
Paris à la librairie agricole, où se trouve la
publication faite par l'auteur, et adoptée par
une longue expérience.

Pour élever de gros bétail, il faut choisir les
vaches de grande conformation. En général, la
grosseur et l'étendue ne s'hérite pas du père,
mais de la mère. Un taureau peut servir ordinairement cent vaches dans une année, mais
lorsqu'on en a un aussi grand nombre, on
doit avoir au moins deux taureaux, en cas
d'accident ou de maladie, afin que l'un puisse
remplacer l'autre, ou si plusieurs vaches en-
traient en même temps en saison.

Si on veut augmenter la taille de la race
que l'on a adopté ou en former une nouvelle,
il ne faut faire saillir les génisses qu'à trois

ans passés, surtout lorsque les animaux reçoivent une nourriture mauvaise ou peu abondante. Cette nourriture inférieure est la cause à laquelle on doit attribuer la race petite et médiocre de ce pays. De plus, avant deux ans, les génisses rapportent des veaux. Ceci est possible là ou la nourriture est abondante, mais non dans ces contrées où les pâturages sont si médiocres.

Je fais saillir ordinairement à deux ans, surtout lorsque je m'aperçois que les génisses entrent fréquemment en chaleur. Il est à craindre qu'après elles ne le deviennent plus, surtout si elles reçoivent une bonne nourriture, pouvant alors engraisser facilement et devenir complétement stériles. Les vaches entrent en chaleur dans toutes les saisons, toutefois les époques en sont souvent déterminées; de dix à onze jours après avoir vêlé, on s'aperçoit du gonflement des parties de la génération et d'une sécrétion glutineuse. On peut alors les laisser au taureau. En général elles retiennent pour la première fois, mais elles se trouvent trop près et cela les affaiblit trop. Cet effet se produit pour la seconde fois, trois semaines après avoir vêlé, et, pour la troisième fois, après quarante ou soixante jours. Dans ce cas, il ne faut pas manquer de les accoupler, car elles pourraient ne plus demander le taureau, surtout si le veau ne tette pas depuis sa naissance. Ordinairement les vaches, huit jours après avoir été sevrées de leur veau, demandent le taureau ; la vachère y doit faire une grande attention ; ces signes sont faciles à reconnaître : l'inquiétude, un air égaré dans les yeux, des cris, des mugissements continuels, la disposition à sauter sur d'autres vaches, quelquefois suspension ou diminution de lait.

Quelques vaches ne demandent pas le taureau, cela vient parfois de ce qu'elles sont trop grasses par excès de nourriture ; dans ce cas, chercher à diminuer leur embonpoint par le travail, réussit souvent. Chez d'autres, c'est par faiblesse, alors il faut augmenter la nourriture, donner des choses échauffantes, de l'avoine rôtie avec du sel, des lentilles, du chenevis pilé, ou faire boire le lait d'une vache en chaleur.

Il y a aussi des vaches qui demandent le taureau sans pouvoir retenir ; dans ce cas, il faut les accoupler douze ou vingt-quatre heures plus tard qu'elles ne sont entrées en chaleur ; souvent une petite saignée après l'accouplement est très-urgente. On ne peut s'apercevoir si les vaches sont pleines qu'au bout de vingt semaines, quatre mois et demi de leur accouplement. Quelquefois, trois semaines après, les vaches redemandent le taureau : cela ne prouve rien; elles peuvent être déjà pleines.

Les vaches portent ordinairement 285 jours ou 9 mois 1|2. Plus la constitution est forte, plus elles portent longtemps; quelques-unes dépassent même ce terme de huit jours. Elles portent moins longtemps pour le premier veau. Il est très-facile de reconnaître quand approche le terme du vêlage d'une vache : les mamelles s'engorgent, le lait se présente, les parties s'enflent; en outre, en haut des deux vertèbres de la queue se forment deux petits creux, qui, si vous venez à les toucher commencent à céder à la pression du doigt. La vache éprouve un peu de colique, elle se couche, se relève, devient inquiète, regarde souvent derrière elle, et mugit de temps en temps. On leur fait une bonne litière et on les abandonne à la nature. Il est prudent de veiller de près. Lorsqu'on aperçoit les pieds du veau, si la tête suit et qu'on soit certain que l'animal est placé dans les conditions voulues par la nature, on peut aider en tirant les pieds au moment où la vache fait des efforts; mais ce serait dangereux dans les intervalles où elle n'en donne aucun. Il faut être assuré de la position de l'animal; si on n'en est pas certain, il est prudent d'appeler le vétérinaire. Ordinairement, le cordon ombilical se rompt de lui-même; dans le cas contraire, on le noue à un pouce du ventre et on le coupe plus bas.

Lorsque le veau doit téter, il faut le présenter tout de suite à la mère pour le lui faire lécher; afin d'y mieux réussir, on le saupoudre quelquefois de sel. Si le veau ne doit pas téter, et qu'on veuille l'élever en le faisant boire, il ne faut pas le lui faire connaître et l'enlever tout de suite pour qu'elle ne le voie pas du tout.

On présente à la vache une heure après qu'elle a vêlé, un breuvage tiède contenant des parties nutritives pour réparer ses forces; on continue pendant plusieurs jours, jusqu'à ce qu'elle soit tout à fait rétablie. Ce breuvage, que les campagnards appellent des *jaugers,* est de la farine bouillie dans de l'eau, à laquelle on ajoute un peu de légumes, choux, raves ou betteraves. Cela les fortifie et leur donne du lait; il faut surtout veiller à ce qu'elles ne boivent pas d'eau froide pendant les premiers jours.

Il est à remarquer, que les vaches habituées à sortir journellement dans les pâturages, sont délivrées tout de suite après avoir vêlé; pour celles qui sont en stabulation, c'est-à-dire enfermées continuellement dans les étables, leur délivrance se prolonge quelquefois plus longtemps. Si, au moment du vêlage, il se trouve un vétérinaire, il faut en profiter pour faire opérer tout de suite la délivrance; mais il ne serait pas prudent que le cultivateur cherchât à délivrer lui-même l'animal, il vaut mieux laisser agir la nature; dans ce cas, donner une nourriture plus succulente, plus abondante, et y joindre des boissons rafraîchissantes.

Il y a deux manières d'élever les veaux. D'abord, le moyen naturel qui est de les laisser téter; par cette méthode, on doit les faire connaître à leur mère dès qu'ils sont nés, et, quelques heures plus tard, leur présenter le pis; en général, ils apprennent à téter sans difficulté. Quelques personnes croient nécessaire de traire les vaches avant de leur présenter le veau, disant que ce premier lait n'est pas bon; c'est vrai, il est mauvais pour nous, mais il est au contraire très-salutaire au veau nouveau-né. La nature n'est jamais imparfaite. Dieu a donné à l'homme l'imagination pour exploiter ses merveilles à son profit, mais sans lui laisser les moyens de l'imiter. Ce lait sert de purgatif à l'animal, éveille l'irritabilité des intestins et en entraîne les excréments visqueux qu'il a rapporté de la matrice de la mère. Ces matières pourraient devenir nuisibles au nouveau-né, si elles restaient longtemps dans ses intestins. En tout nous voyons dans la nature cet équilibre parfait qui nous démontre la puissance du Créateur.

Cette méthode de faire téter le veau s'emploie encore de deux manières : la première, de le laisser près de sa mère, est la plus commode pour les vachères, mais elle présente un inconvénient, c'est que le veau tette trop souvent et l'épuise ; quelquefois, il prend l'habitude de téter un seul pis ; le lait reste dans les autres, ce qui peut occasionner des dépôts. Il risque aussi d'être écrasé par sa mère ou de recevoir un coup de pied ou de corne d'une autre vache.

La seconde consiste à présenter le veau à la mère à des heures fixes, de trois à quatre fois par jour au commencement, en ayant soin de bien examiner qu'il ne laisse rien dans les mamelles ; dans le cas contraire, il faut traire la vache ; ce moyen augmentera le lait plutôt qu'il ne le diminuera. Souvent ces petites attentions forment de bonnes vaches laitières ; elles sont plus fatigantes pour le vacher, mais sous tous les rapports plus sûrs et plus avantageuses. Au bout de trois semaines, souvent le lait de la mère ne suffit plus, on peut y ajouter celui d'une autre vache. Il est bon alors de commencer à habituer le veau à manger un peu de foin, à boire du lait, dans lequel on ajoute d'abord un peu de farine, puis de l'eau

tiède avec du son, de manière à le déshabituer
petit à petit de téter, afin qu'il ne s'aper-
çoive pas lorsqu'on arrive à le sevrer tout à
fait. Lorsqu'on veut l'élever, il est nécessaire
qu'il boive du lait jus u'à l'âge de six semaines à deux mois au moins.

On doit remarquer que le veau grandit
ordinairement jusqu'à quatre semaines; passé
ce temps, sa chair commence à s'affermir;
pendant les quinze premiers jours qui suivent,
il engraisse; après ces six semaines, il recom-
mence à grandir; sa chair acquiert une nouvelle fermeté, mais la graisse diminue; de
sorte qu'il est préférable pour la boucherie à
six semaines qu'à quatre ou à huit. Si on les
garde de quatre à six mois, comme dans les
environs de Paris, la viande en sera incontestablement meilleure : ce n'est pas ici l'habitude
de les vendre aussi tard. L'usage est de s'en
défaire à trois semaines; aussi, il serait utile
que le cultivateur comprît combien il a tort :
la viande est mauvaise parce qu'elle n'a pas
pris assez de consistance, et par conséquent
ne pèse pas. Elle fait donc défaut au vendeur
comme à l'acheteur. Afin de rester dans les
usages du pays et ne pas les garder jusqu'à
quatre ou six mois, l'époque la plus favorable
aux deux parties pour la vente, est à six
semaines.

La deuxième méthode d'élever les veaux, consiste à leur faire boire du lait dès le premier jour. On opère de cette manière : il faut traire la mère et présenter son lait au veau, en introduisant dans sa bouche le doigt mouillé de ce lait, et en lui plongeant le museau dans ce même lait. En renouvelant ce moyen plusieurs fois dans la journée pendant plusieurs jours, le veau s'habituera à boire seul. Il faut tenir au lait de la mère pendant les huit premiers jours, après lesquels on peut donner celui de n'importe quelle vache, à la seule condition qu'il soit jeune. Il est suffisant de lui donner deux litres de lait dans la première semaine; on augmente ces proportions dans la seconde, puis dans la troisième, et ainsi au fur et à mesure qu'il grandit. Il n'est pas rare de voir un veau boire jusqu'à huit litres par jour. On agit avec ceux-ci comme avec ceux qui tettent; il faut les habituer petit à petit à boire et à manger autre chose, pour qu'ils ne s'aperçoivent pas lorsqu'ils cesseront entièrement d'avoir du lait. L'avantage de cette méthode est que, lorsque le moment du sevrage arrive, le veau ne diminue pas d'embonpoint, ni la vache de lait, ce qui se voit souvent à cause du chagrin qu'éprouvent l'une et l'autre bête. On favorise en même temps la sécrétion du lait, la vache se laisse traire plus facilement, et ne retient pas le lait pour son nourrisson, comme cela arrive au moment du sevrage, ce qui occasionne quelquefois de graves inconvénients.

De quelque manière qu'on élève les veaux, il faut faire grande attention à ce qu'ils ne prennent pas la diarrhée, ou s'ils la prennent y remédier instantanément. Le meilleur moyen qui me soit indiqué par l'expérience, est de faire tiédir du vin rouge et d'y râper un peu de noix muscade. D'autres emploient de la rhubarbe; on en prend de 50 à 60 grammes qu'on met dans un litre d'eau-de-vie; on l'expose au soleil pendant plusieurs jours en le secouant plusieurs fois par jour, on le tire au clair et on obtient une eau-de-vie colorée pour s'en servir au besoin. Dans ce cas, on en donne au veau malade une cuillerée à bouche, matin et soir; le mal cesse habituellement lorsqu'il en a pris plusieurs; s'il persistait, il serait prudent d'appeler le vétérinaire.

Lorsqu'un veau a été nourri abondamment la première année, on peut, la seconde, lui donner un mélange de foin et de paille par moitié.

Lorsque les génisses approchent de leur terme, elles demandent à être nourries plus abondamment, afin que leur fruit se développe, que la mère prenne de la force, en

5.

même temps cela facilite la sécrétion du lait.

La nourriture la plus habituelle de tous ces animaux pendant l'hiver, est la paille mélangée avec du foin. Parmi les pailles de céréales, la meilleure pour fourrage est celle du froment ; après viennent celles de l'avoine et de l'orge ; celle du seigle est la moins nourrissante, surtout lorsqu'elle est arrivée à sa complète maturité. A ces fourrages, on ajoute d'habitude quelques racines, telles que : raves, turneps, betteraves ou pommes de terre, selon l'âge des animaux ou les moyens du cultivateurs. Les animaux de taille moyenne ne peuvent pas avoir moins de 20 livres de nourriture sèche ou l'équivalent, si on veut les entretenir en bon rapport.

Les grosses vaches laitières, telles que les cotentines, qui, selon moi, sont les plus grandes mangeuses, consomment jusqu'à trente livres de foin. Quand on veut qu'elles donnent du lait, il est avantageux pour ces animaux qu'ils reçoivent moitié en fourrage sec, moitié en racines, selon la richesse des parties nutritives que possèdent ces diverses racines. Pour remplacer une livre de foin sec, il faut deux livres de pommes de terre, trois livres de rutabagas ou de turneps, quatre livres de betteraves, cinq livres de raves ordinaires. Lorsqu'on change la nourriture des animaux, il est bon de ne pas le faire subitement, il vaut mieux les y habituer sans transition trop brusque, autant pour la santé de l'animal que pour la qualité du lait, sur laquelle cette influence s'aperçoit facilement.

Il existe une trop grande variété entre les races et les différentes espèces de bêtes à cornes pour pouvoir fixer une règle générale sur leur nourriture et leur entretien. Cette différence se rencontre sur les produits et sur la rente en argent qu'on peut retirer d'une vache ou d'un bœuf. Tout dépend de la position d'une ferme ou d'une exploitation; si elle se trouve dans le voisinage d'une ville populeuse, où on a la facilité de vendre le lait à un prix élevé, il faut avoir des vaches qui en donnent en abondance, telles que les vaches suisses, parmi lesquelles il s'en trouvent qui en donnent jusqu'à trente litres par jour; il faut remarquer qu'en général, les vaches, dont le lait est le plus abondant et par conséquent moins riche en crême, fournissent moins de beurre en proportion que celles qui ont un lait plus épais. Ces dernières devront donc avoir la préférence sur une exploitation plus éloignée des centres populeux.

Dans quelque circonstance où l'on se trouve, et quelle que soit la place de votre spéculation, elle manquera son but si on achète du foin pour augmenter le laitage. Quelques personnes y voient pour raison qu'une vache mieux nourrie donne davantage de lait, ce qui est incontestable; mais avant tout, il faut établir la différence entre le prix du fourrage et l'augmentation du lait qui en est le résultat, afin que le produit balance au moins la dépense. C'est ce qu'on ne pourra connaître qu'avec l'ordre parfait, qui ne peut être obtenu dans une exploitation qu'au moyen d'une exacte comptabilité, dont on peut malheureusement reprocher l'absence à un grand nombre de cultivateurs.

Dans plus d'une circonstance, la culture ne peut pas se passer de bêtes à cornes. Chacun sait que, pour cultiver les grains, il faut entretenir du bétail; la question se réduit donc à savoir quelle espèce est préférable à l'autre, pour les bêtes à cornes en particulier, et relativement aux relations locales.

L'expérience m'a démontré que, dans la position où je me trouve placé, je dois renoncer à l'élevage des bœufs et pousser davantage celui des vaches; il y a même avantage pour moi à acheter des bœufs de travail qu'à les élever : la preuve m'en a été fournie par la comptabilité. Dès l'abord, ma conviction était de faire élever les deux espèces, de manière à remplacer les bœufs de travail par de nouveaux élèves et de livrer les vieux au

commerce, soit en état d'achever leur engraissement dans les pâturages, soit d'être livrés
gras à la boucherie. Je me suis aperçu de ma
fausse marche par ses résultats. Les jeunes
bœufs demandent trop longtemps une nourriture très-abondante, jusqu'à ce qu'on puisse
en tirer quelque utilité, ou les vendre pour le
travail ou la spéculation. Les génisses ne
demandent que la moitié du temps pour être
livrées au commerce; elles consomment beaucoup moins; par conséquent, on obtiendra
non-seulement l'économie sur la nourriture,
mais, les produits se multipliant, le roulement
du fonds se renouvelle plus souvent, ce qui
facilite la gestion.

Dans toutes les fermes, grandes ou petites,
dans toutes les chaumières on élève des porcs.
C'est une nécessité afin d'utiliser tant de choses qui se perdraient sans ces animaux. Combien de résidus de la cuisine, du potager, de
la laiterie même, seraient perdus sans cette
ressource? Combien de pommes de terre qui
ne peuvent trouver d'autre emploi?

Il n'y a, peut-être, aucune branche économique de bétail dont la valeur varie davantage d'une année à l'autre, dans certaines
localités. Souvent, en deux ans, le prix des
porcs se voit doublé ou diminué dans la même
proportion. Cela vient de ce que ces ani-

maux se multiplient très-facilement. Quand on voit le prix des porcs élevé, croyant faire une heureuse spéculation, on veut augmenter leur nombre; aussi, à certaines époques, on voit les marchés surchargés de ces animaux, parce que, pour divers motifs, chacun veut se débarrasser de ses produits, ce qui occasionne une baisse. Une année plus tard, ils se trouvent considérablement diminués. Les cultivateurs se laissent facilement alarmer par la hausse comme par la baisse, et, sans en approfondir suffisamment les causes, prennent une fausse mesure. Ils diminueront, dans leur faire-valoir, le nombre des porcs au lieu de l'augmenter, sans considérer que le grand nombre en étant déjà restreint, ils pourraient, deux ans plus tard, en retirer plus de profit. En revanche, lorsque beaucoup de cultivateurs cherchent, à cause du prix élevé, à les augmenter, celui qui est plus prévoyant voit en cela une cause de les diminuer, sans cependant renoncer complétement à cette branche d'industrie rurale.

Nous ne parlerons pas de l'origine de l'animal, des diverses races qui existent dans le monde, ni même des races françaises. Nous ne nous occuperons que de la race du Poitou, qu'il fallut adopter afin de se conformer à l'usage du pays.

Quel que soit le but qu'on cherche à atteindre, qu'on veuille élever les porcs pour le marché, ou les engraisser pour la boucherie, il est essentiel d'observer le choix de l'animal qui doit former la souche reproductrice. Les qualités les plus importantes sont la fécondité de la femelle comme du mâle, ensuite l'aptitude à prendre la graisse.

Le mâle, ou verrat, doit avoir toutes les qualités corporelles qui annoncent bonne santé et vigueur : le corps ramassé, plutôt court que long, les yeux vifs et ardents, le cou grand, le dos droit et large, hérissé de soies rudes et épaisses, le ventre ovale, les cuisses grosses et larges, la partie génératrice grosse, les jambes fortes et droites.

Il faut que la femelle soit d'une nature féconde, qu'elle ait un naturel tranquille, une belle encolure, les reins et les épaules larges, le ventre ample, les mamelles longues et les soies douces. Le meilleur indice de la disposition de ces animaux à prendre la graisse, est la prédominance du système musculaire sur le système osseux; c'est pourquoi il convient d'observer le développement de la poitrine et du train de derrière. La première dénote la vigueur des principaux viscères, l'autre est la partie qui fournit le plus de chair.

L'âge le plus convenable pour leur accou-

plement est celui d'un an, quoiqu'à dix semaines, trois mois, ces animaux soient déjà capa-
bles d'engendrer. Ils en manifestent souvent
le désir; mais chez eux, comme chez d'autres
espèces, l'accouplement précoce ne peut
qu'être nuisible à leur croissance; l'animal,
n'ayant pas atteint son entier développement,
use sa force inutilement, et souvent alors ne
donne naissance qu'à des produits chétifs.

La truie est en chaleur presque toute l'année; étant pleine, elle ne repousse pas les
approches du mâle; mais il est prudent de les
tenir séparés pendant ce temps, pour l'un
comme pour l'autre.

Les truies portent ordinairement de 113 à
120 jours; aussi quelques fermiers ont l'habitude de compter, trois mois, trois semaines
et trois jours; après ce temps écoulé, ils doivent surveiller et attendre. Une truie pourra
donc avoir trois portées dans quatorze mois,
mais cela les affaiblirait trop; il est mieux de
n'exiger que deux portées par an : on a
l'avantage d'en pouvoir régler les époques,
de manière à ce que les petits porcs n'arrivent
pas dans les grands froids. En faisant couvrir
une truie au mois de novembre, la première
portée aura lieu au mois de mars, et pour la seconde fois au mois de mai; les petits arrivant
au mois de septembre auront encore le temps

de grandir et de se fortifier avant les froids.

Une nourriture plus abondante qu'à l'ordinaire, une litière fraîche et souvent renouvelée, sont nécessaires à la truie qui porte. Quant aux aliments, il convient de faire le choix de ceux qui augmentent plutôt le lait et les forces de la mère que ceux qui porteraient à la graisse. On maintient son toit ouvert, et on ne le referme que quelques jours avant la parturition, dont l'approche s'annonce par le gonflement des mamelles qui se remplissent de lait, par la dilatation des organes sexuels, et par le soin que prend la truie de ramasser la paille pour s'arranger un emplacement. La personne chargée de ce soin, doit redoubler sa surveillance et se porter vers elle aux premiers cris que la douleur lui arrache pour lui donner les soins que sa position réclame, pour l'aider au besoin, si la parturition devient laborieuse, et surtout protéger ses petits qu'elle pourrait blesser et même dévorer, si on ne prenait pas la précaution de les dérober à ses regards. On doit lui faire prendre une boisson fortifiante, composée d'eau tiède, de lait et d'un peu d'orge cuite, et la surveiller jusqu'au moment où elle se laisse téter. Peu à peu on augmente sa ration en lui donnant une nourriture plus succulente, telle que des racines bouillies, mêlées de son et de lait; mieux vaut lui don-

5.

ner souvent et peu à la fois, pour alimenter son appétit, que rarement et trop, ce qui peut exposer les petits à contracter la diarrhée ou quelque autre maladie grave.

La portée d'une truie est de dix à douze petits; il est bon d'en supprimer, de n'en laisser que huit à dix, surtout si la portée excède le nombre des mamelles; autrement, la mère s'épuise trop. On prétend qu'un petit qui n'aurait pas sa mamelle mourrait de faim.

Les jeunes porcs doivent téter ordinairement de six semaines à deux mois; on doit, au bout de ce temps, les habituer à une autre nourriture, composée d'eau et de lait tièdes mélangés de quelques pincées de farine ou de son; au fur et à mesure qu'ils grandissent, augmenter leur nourriture. C'est ainsi qu'on doit les habituer à être séparés de leur mère, d'abord pendant qu'ils boivent, ensuite plus longtemps; enfin on ne les laisse plus téter et la séparation devient complète. C'est aussi l'époque où il convient de châtrer les porcs que l'on ne juge pas propres à la production. La castration se fait par torsion et arrachement avant que les petits soient complètement sevrés. Une fois les porcs sevrés et châtrés, ils doivent être soumis à un régime spécial qui dépend du nombre du troupeau ou du genre de culture.

Il y a deux modes d'élevage pour les porcs : le premier, qui se rapproche de l'état sauvage, consiste à les envoyer dans les pâturages ou dans les bois pour y chercher leur nourriture. Là, l'animal jouit de son entière liberté, mange, selon son goût, ce qu'il trouve, herbes, racines, glands ou fruits sauvages; en un mot, se nourrit de produits sans utilité et qui se trouveraient perdus pour le propriétaire.

Le deuxième mode qui est préférable, est celui de la nourriture à l'étable; il exige plus de prévoyance du cultivateur, parce qu'alors, et surtout quand on a un grand nombre de porcs à élever, on ne doit compter ni sur les fourrages verts, ni sur les fruits; il convient de faire une grande provision de racines qui sont la base principale de leur nourriture. D'un autre côté, on est moins exposé à la perte, qu'il est souvent impossible d'empêcher par le système d'élevage libre. Il faut ajouter que le fumier peut être recueilli, ce qui n'est jamais à dédaigner sur une exploitation.

L'air pur étant une des conditions essentielles pour l'entretien de la santé de ces animaux, il est d'une absolue nécessité que leur logement soit aéré et éclairé. Une seule exception existe pour cette dernière condition : c'est lorsqu'il faut mettre ces animaux à l'engrais. Cet état n'est autre chose qu'une espèce de maladie pendant laquelle l'animal chargé d'aliments devient lourd et disposé au sommeil ; la tranquillité, l'ombre et l'obscurité lui deviennent favorables.

Lorsqu'on élève les porcs renfermés, il leur faut un endroit spacieux et convenable ; ils se tiennent moins tranquilles que d'autres animaux, c'est pourquoi ils doivent être séparés et placés selon leur sexe et leur âge. Lorsqu'ils se trouvent réunis, les plus forts pourraient priver les autres de leur nourriture ; ces derniers seraient même exposés aux coups et blessures fréquents plus ou moins graves. Les bâtiments destinés aux porcheries doivent être divisés en plusieurs compartiments ; il faudra donner une place distincte au verrat reproducteur, d'autres aux truies qui doivent porter, les jeunes porcs sevrés viendront ensuite, les bêtes adultes et châtrées, classées selon leur âge. Chacun de ces compartiments doit avoir une issue particulière sur un enclos ou une cour spéciale dans laquelle ces animaux prennent de l'exercice. S'il est possible d'avoir à côté une mare où ils puissent se baigner, rien ne leur est en même temps plus salutaire et plus hygiénique. Ils ont besoin d'une grande propreté ; leur litière doit être souvent renouvelée et les auges entretenues avec soin.

Pour indiquer les substances qui doivent

entrer dans la nourriture de ces animaux, il faudrait nommer, à peu près, tous les végétaux et une grande partie des matières animales. Ils mangent presque tout, aussi leur nourriture doit être fixée selon la position de la ferme ou du ménage qui les entretient. Lorsque le nombre n'en est pas considérable dans une ferme, on trouve facilement leur alimentation sans toucher aux grands produits. Les pommes de terre sont d'une ressource inappréciable : c'est le moyen le plus économique. Il convient aussi de régler leurs repas, de manière à ce qu'ils soient rassasiés, sans rien laisser dans leur auge.

Quand on veut améliorer une race ou en introduire une autre dans le pays, il faut savoir quel résultat on prétend obtenir de cette amélioration. Comme le porc est élevé exclusivement pour sa viande qu'il donne de bonne qualité, la race qui la fournit le plus abondamment avec la nourriture la moins dispendieuse, est celle qui doit être choisie par le spéculateur.

On peut obtenir l'amélioration d'une race par le croisement, c'est-à-dire par l'accouplement d'une femelle indigène avec un verrat d'une race différente, la plus distinguée qu'on possède. Il faut dans ces circonstances choisir la femelle qui se rapproche le plus de la perfection qu'on veut obtenir par le croisement, et faire éloigner de l'accouplement toutes les truies possédant quelques défauts de construction ou de forme, ou bien celles qui manquent de quelques-unes des qualités essentielles. On fait alors le premier pas vers l'amélioration. Les produits provenant de ces accouplements, doivent avoir incontestablement un bon résultat. C'est ainsi qu'on forme peu à peu, surtout avec les soins donnés à la nourriture, une race de porcs supérieure à celle qu'on a eue précédemment. Sous le rapport économique, c'est un moyen des plus avantageux.

Il faut réfléchir davantage lorsqu'on veut changer complétement la race, et en introduire une nouvelle dans un pays. La première considération à laquelle il faut avoir égard, est de connaître les dépenses nécessaires pour se procurer les animaux qui doivent former votre souche, analyser leurs qualités, et comprendre surtout si les produits nouveaux qui s'éloigneront trop du type indigène trouveront un écoulement facile dans le pays, si le prix auquel ils pourront être livrés aux consommateurs sera en rapport avec les avances que l'on aura faites. Si la viande d'un porc étranger, qui est d'un prix de revient relativement plus élevé, ne trouve pas de débit, une perte finale sera le résultat inévitable de la spéculation. Une autre condition extrêmement importante, est la faculté plus ou moins grande de ces animaux à s'acclimater. Bien que le porc soit l'animal le plus facile pour l'acclimatation, on doit cependant chercher la possibilité de le placer dans les positions les plus analogues à celles où il se trouvait. Une différence très-sensible du climat exerce une grande influence sur la conservation des animaux importés, et sur le développement de leur progéniture.

Telles sont, en général, les considérations auxquelles il faut avoir égard, lorsqu'on veut se livrer à l'amélioration. Il faut se rappeler que la grosseur et l'étendue du corps, se transmettant plus par la mère que par le père, il faut avoir soin de ne pas faire saillir les truies de bonne heure, c'est-à-dire avant qu'elles aient atteint leur croissance, n'admettre que les truies bien fécondes et aptes à engraisser, adopter un régime alimentaire convenable, et éviter l'accouplement entre les parents très-rapprochés, laissant le reste à la nature, qui, de son côté, possède ses secrets qui restent en majeure partie voilés.

Les porcs comme tant d'autres animaux domestiques sont sujets à certaines maladies :

La *boucle*, maladie caractérisée par une boucle qui se forme dans la bouche de l'ani-

mal, et qui se termine souvent par la gangrène. La pesanteur de la tête et du corps,
la fièvre et le dégoût pour les aliments accom-
pagnent cette maladie, qui peut être promptement combattue si on prend soin de percer le
bouton, de le râcler avec un couteau, et de
laver la plaie avec de l'acide sulfurique ou de
l'acide hydrochlorique, soit encore avec du
sel ammoniaque, la diète, un breuvage composé d'une décoction de gentiane et de petite
centaurée. On ne trouve pas souvent toutes
ces sortes de médicaments chez de petits cultivateurs : une pincée de sel ordinaire mélangée de poivre écrasé avec de l'ail et arrosé de
vinaigre, peut remplacer avec efficacité tout
autre médicament pour laver la plaie.

Coliques. Les causes de cette maladie sont
diverses; la mauvaise nourriture comme l'excès peuvent l'occasionner, de même que l'humidité peut causer une perturbation dans les tu-
bes intestinaux, et une foule d'autres causes
qu'il est difficile de signaler. Il faut, dès le début, combattre le mal par la diète accompagnée de lotions adoucissantes et émolientes.
Quelquefois après, la dyssenterie se déclare et
passe souvent à l'état chronique et épizootique:
ce sont presque les mêmes symptômes; dans
ces derniers cas, on emploie les breuvages
astringents et opiacés.

La *gale*. Elle débute par une démangeaison qui commence ordinairement dans les plis des articulations et se développe ensuite sur toutes les parties du corps. Cette maladie, très-contagieuse, consiste en des vésicules, légèrement élevées au-dessus de la peau, transparentes à leur sommet et contenant un liquide visqueux. Elle est attribuée à la présence sous l'épiderme d'un insecte désigné sous le nom d'acarus. La gale est une maladie peu grave; en s'y prenant à temps, on la combat facilement avec une pommade soufrée. On réussit souvent avec des lotions de sulfate de fer ou de vitriol vert.

La *ladrerie*, maladie particulière aux porcs, se caractérise par le développement dans les tissus cellulaires de nombreuses hydatides, désignées sous le nom de cysticerques ladriques. Les causes de cette maladie sont peu connues. Il paraît que les vétérinaires n'ont pas trouvé le moyen de la combattre, d'autant plus que les signes qui devraient en révéler l'existence sont souvent opposés. Tantôt l'animal languit et perd l'appétit, tantôt il se montre vorace.

Le *chancre* est un ulcère qui tend à s'agrandir en rongeant les parties voisines : il est contagieux. Il se forme une tumeur qui se gonfle promptement et dont les sommets présentent une violente inflammation. Cette tumeur s'élargit, creuse intérieurement, enfin s'ouvre et présente une plaie profonde qui s'étend rapidement et passe même en gangrène. La bouche et les oreilles sont les parties les plus exposées à cette maladie. Le traitement employé dans ce cas est la cautérisation de la plaie, après avoir enlevé la partie malade avec le bistouri ou des ciseaux.

Le *charbon* consiste également dans le développement de tumeurs, mais il s'augmente avec beaucoup plus de rapidité, et se répand dans toutes les parties du corps. Les campagnards l'appellent la *maladie des soies*. Son siége principal est sur le côté du cou, près de la tête, dans les endroits correspondant aux amygdales. Les soies qui les recouvrent sont droites, hérissées, rudes; en touchant la partie malade, l'animal témoigne la sensibilité, la douleur. Au-dessous de ces soies, la peau est noire. La soif, le dégoût pour les aliments, le grincement des dents, sont les symptômes de cette maladie. Ensuite, la fièvre devient considérable, la gueule est brûlante et baveuse, les flancs sont agités; arrivé à cette période, l'animal meurt ordinairement, après vingt-quatre ou quarante huit heures de souffrances. En général, cette maladie est incurable; mais si l'on aperçoit la tumeur à son début, avant que la fièvre charbonneuse soit déclarée, on peut sauver l'animal en enlevant avec une grande promptitude la partie entière endommagée, celle qui a pris une teinte noire. A l'intérieur, on doit lui administrer de l'acétate d'ammoniaque à fortes doses.

La volaille, qui joue un si grand rôle dans tous les ménages, grands et petits, que personne ne peut s'en passer, est pourtant une véritable plaie dans une ferme, et coûte dix fois plus qu'elle ne rapporte. Comme elle est à notre vie d'une absolue nécessité, il faut chercher le moyen par lequel son élevage peut devenir moins coûteux, sinon avantageux.

J'étais, ainsi que tant d'autres, dans cette pensée que pour avoir de belles volailles il faut se procurer de belle espèce, les nourrir abondamment, faire exprès des enclos desquels elles ne puissent sortir et causer des dégâts. Telle a été mon opinion jusqu'au jour où je fus convaincu, par ma comptabilité, que j'étais dans une profonde erreur. Je ne ferai pas la description des différentes races de poulets dont j'ai essayé dans un but avantageux. Je dirai seulement qu'après plusieurs tentatives j'ai donné la préférence à ceux du Mans. En voici le motif : ils s'élèvent plus facilement, demandent moins de nourriture que ceux de Cochinchine; ces derniers, comme les poulets russes, ont de grandes carcasses hautes sur leurs jambes, pauvres en chair, de grands pilons et peu de poitrine. Quant à la race du Mans, quoique plus petite, elle devient, mise à l'engrais, plus tendre, et prend la chair plus facilement, elle est en même temps plus savoureuse. Ces poules sont plus sobres; elles cherchent leur vie elles-mêmes, quittent ordinairement la maison dès le matin et vont quelquefois jusqu'à deux kilomètres, souvent dans les bois, où elles trouvent des colimaçons. Elles rentrent le soir; la seule chose qu'on puisse leur reprocher, c'est de pondre en cachette et peut-être moins que celles de Cochinchine; en revanche, elles s'engraissent facilement et promptement sans grandes dépenses.

Dans les commencements de cette exploitation, n'ayant que quelques poules pour la consommation d'œufs et de volailles, il se trouvait toujours une quantité de petits grainages qui ne pouvaient être employés autrement que pour leur nourriture. Comptant sur cette ressource, on finit par augmenter leur nombre. Il est nécessaire d'ajouter qu'avec cette nourriture les poules pondent très-peu. Aussi, les fermières ont l'habitude de prendre de l'orge ou de l'avoine dans les grandes réserves, sans compter, puis elles trouvent avantageux de vendre les œufs 75 centimes la douzaine. Il est vrai que c'est cher; pourtant ajoutons qu'il est préférable de les acheter à ce prix, car, ayant fait mesurer tous les grains sortis du grenier et donnés aux volailles, sachant toujours à la fin de l'année la quantité d'œufs pondus, le résultat a prouvé que chaque douzaine est revenue à 90 centimes.

Depuis longtemps, désirant résoudre la question des volailles, j'ai voulu me rendre un compte exact de leur prix de revient. Placé dans une position particulière, je suis forcé d'en élever en grande quantité à cause de l'énorme consommation qui s'en fait chez le propriétaire. On a cherché par tous les moyens à les produire à meilleur marché. Au commencement, trouvant qu'on n'en élevait pas assez, en donna comme prime, à la femme chargée d'en prendre soin, 5 centimes par chaque volaille livrée au marché ou à la consommation, et pour être certain de la dépense on divisa par catégorie; ainsi dans la ferme où on élevait les poulets, on n'élevait pas les canards, *et vice versà*. On fit même séparer un certain nombre de poules pour les œufs, en leur faisant donner de l'avoine, ce qui, en les échauffant, favorise la ponte. Voici ce qu'on obtint de plus avantageux.

En 1856, on mit dans une ferme au 1er janvier dix jeunes poules et un coq de l'année précédente; elles ont produit, dans l'année,

959 œufs; on fit élever dix jeunes poulets pour remplacer les dix vieilles poules qu'on fit vendre ou consommer. Les dix vieilles poules ont été vendues. . . . . 15 fr. 00 c.

avec quatre jeunes coqs, à 1 fr. . 4 fr. 00 c.

Ce qui fait un total de. . . . 19 fr. 00 c.

Plus 959 œufs. Nous verrons à combien ils reviennent, quand nous saurons ce que les poules ont consommé.

Elles ont mangé d'avoine pour. . 89 fr. 60 c.

de petits grainages. . . . . . 7 fr. 50 c.

Auxquels on donna la valeur de 2 f. 50 c. l'hectolitre, le blé étant à 30 fr. l'hectolitre.

En défalquant la dépense générale qui a été de. . . . . 97 fr. 10 c.

La vente des volailles pour la somme de. . . . . 19 fr. 00 c.

Il nous reste, pour le prix des œufs. 78 fr. 10 c.

Ce qui nous donne la douzaine à 98 cent. passés, quand la moyenne de cette même année 1856 n'a pas dépassé 75 centimes sur les marchés.

En 1858, dans la ferme de Chant-d'Oiseau, il a été dépensé. . . . . . . 1,298 fr. 55 c.

On a vendu pour la somme de. 937 fr. 35 c.

Perte. . . . . 361 fr. 20 c.

Dans celle de la Hacquinière,

on a dépensé. . . . . . . 1,233 fr. 70 c.
On a vendu pour la somme de. 1,006 fr. 20 c.

      Perte. . . . . 227 fr. 50 c.

En voyant que les volailles étaient à si bas prix dans le pays, on a pensé pouvoir en retirer plus d'avantages en les engraissant et en les envoyant à Paris. Pour faire un essai, on mit à l'engrais quatre dindes, quatre poulets et quatre canards.

À cette époque de l'année, on vendait à Saumur une dinde de 3 francs à 3 francs 50 centimes, les poulets et les canards un franc la pièce; on n'en pouvait amener au marché plus de dix de chaque espèce; on était forcé de ramener le reste ou de le laisser pour rien. Ayant à ce moment une centaine de dindes à vendre, autant de poulets et de canards, il fallait trouver le moyen de s'en débarrasser au plus vîte, leur croissance étant accomplie; il fallait les nourrir, ce qui ajoutait à la dépense sans augmenter la valeur de la marchandise. La grande quantité rendait un prompt débit fort difficile. Ces causes décidèrent à en envoyer à Paris.

Établissant le compte des dépenses du commencement, nous trouverons :

4 dindes maigres, au prix du marché de Sau-

mur, à 3 francs la pièce. . . 12 fr. 00 c.

4 poulets à 1 franc   id. . . . 4 fr. 00 c.

4 canards   id.   id. . . . 4 fr. 00 c.

Ils sont restés à l'engrais pendant trois semaines; ils ont mangé pendant ce temps :

9 décalitres de pommes de terre, à 30 centimes le décalitre. . . 2 fr. 70 c.

5 décalitres de farine d'orge, à 1 franc le décalitre. . . . . 5 fr. 00 c.

4 décalitres de recoupe de son, à 35 centimes le décalitre. . . 1 fr. 40 c.

            Total. . . . . . 29 fr. 10 c.

Il faut ajouter les frais de factage: 00 fr. 25 c.

      Id.   port . . 7 fr. 40 c.

      Id.   panier . 00 fr. 15 c.

            Total. . . . . . 36 fr. 90 c.

Les 4 dindes ont été vendues à Paris à la criée. . . . . 19 fr. 50 c.

Les 4 poulets (id.) . . . . 9 fr. 50 c.

Les 4 canards (id.). . . . . 7 fr. 50 c.

            Total. . . . . . 36 fr. 50 c.

Il en faut déduire 10 0|0, que le facteur de la halle a prélevé pour sa peine. . . . . 3 fr. 65 c.

      Reste. . . . . 32 fr. 85 c.

— 121 —

Perte dans cettte spéculation. . . . . 4 fr. 05 c.

On s'est donc déterminé à s'en débarrasser
dans le pays, si on n'en a pas retiré de bénéfice, on a eu moins d'embarras et moins de
peines.

Une longue expérience m'a fixé positivement sur cette branche de spéculation. Les
volailles sont d'une absolue nécessité dans les
fermes, mais il faut les élever avec réserve.
En se rendant aussi clair que possible, il faut
chercher à ce que chacun, dans quelque position qu'il se trouve, puisse adopter la marche
qui lui sera la plus avantageuse, ou plutôt la
moins coûteuse; car de quelque manière qu'on
veuille l'envisager, la volaille et les œufs reviennent toujours plus chers qu'on ne les achète au
marché. Cela vient de la nécessité qui force les
campagnards à en élever; ils en ont plus qu'il
ne leur est nécessaire, sans se rendre compte
du profit qu'ils en retirent. Au moment des
récoltes, voyant combien elle lui cause de préjudice, ils la portent au marché, où ils sont
forcés de la laisser à vil prix, à cause de son
extrême abondance, qui lui déprécie sa marchandise; aussi, ce sont les habitants des villes
qui profitent de cette époque où la volaille est
à si bas prix, et ce n'est pas le producteur qui
retire le fruit de son travail.

6.

Les habitants des villes devraient avoir chez eux des épinettes. Il est toujours dans une maison, au grenier ou à la cave, un coin pour les cacher. Ces épinettes doivent être divisées en petits compartiments ne pouvant contenir qu'une seule volaille. On les y met par le haut, et on glisse une petite planche dans une rainure pour les fermer. Le fond doit être fait à claire-voies, de manière que la volaille ne puisse sortir, sans toutefois que la propreté en souffre. L'épinette doit être montée sur quatre pieds comme une table, afin qu'il soit facile de balayer le dessous tous les jours, elle doit être adossée au mur, la queue de la volaille y doit être tournée. Sur le devant se trouve une ouverture assez grande pour que celle-ci puisse passer la tête et une partie du cou, afin de prendre sa nourriture qui est placée sur une petite planche adaptée à l'épinette. Cette planche doit avoir 10 cent. de largeur avec un rebord haut de 4 à 5 centimètres, de manière que la volaille ne puisse renverser le petit vase qu'on y place contenant sa nourriture. Ce qui est le plus commode est un petit pot de 20 centimètres de long sur 8 de large et 8 de haut, divisé en deux compartiments, l'un pour les aliments, l'autre pour l'eau. On en place ainsi autant qu'on a de compartiments, afin de donner sa portion à chaque volaille. Ces petits ustensiles peuvent se remplacer par d'autres de toute espèce, même des tessons de vaisselle qui ne manquent jamais dans le plus pauvre ménage.

Quant à la nourriture, tout est bon, pourvu qu'elle ne soit ni aigre, ni épicée ; ce qui sert aux volailles comme nourriture doit être d'une scrupuleuse propreté ainsi que ce qui la contient ; toute chose excitant la fermentation leur est nuisible ; elles se dégoûtent facilement, et, cessant de manger, au lieu d'engraisser elles dépérissent ; tous les restes cuits qui ne peuvent servir, même chez les plus pauvres, lui sont profitables. La variété de leur nourriture accélère leur engrais qui atteint son degré en trois semaines ; passé ce temps, elles recommencent à maigrir, à cause de la fatigue qu'elles éprouvent d'être renfermées dans un si petit espace. Un poulet qui, à l'état maigre, vaudrait un franc au marché, après avoir passé trois semaines dans les épinettes, peut arriver à peser jusqu'à cinq livres, une fois tué ; il est donc d'un grand profit, non-seulement pour sa chair, mais encore pour la graisse qu'on en retire, et qui peut, pour certaines choses, remplacer le beurre avantageusement.

Pour les engraisser de cette manière, il faut savoir ce qu'on en peut consommer dans un temps donné, afin que celui qu'on tue soit remplacé par un maigre, en avoir toujours la même quantité, et que le temps que chacun passe à l'engrais ne dépasse pas trois semaines. Ceci est donc pour l'habitant des villes qui achète sa volaille maigre.

Le campagnard qui n'a qu'un petit nombre de volailles, doit suivre une autre marche pour avoir ce qui lui est indispensable et n'être pas entraîné trop loin. Voici comment l'expérience m'a prouvé qu'il était moins mauvais de procéder. Tout étant relatif, je ne puis fixer un nombre de volailles : chaque ménage connaît ses moyens de dépense et ce qu'il en peut, ainsi que d'œufs, consommer approximativement par année. En prenant pour point de départ les poules du Mans, on saura que, lorsqu'elles sont bien nourries, elles pondent par an cent œufs environ ; dans une ferme où l'on se restreint, les volailles s'en ressentent: celles-ci pondront au plus de cinq à six douzaines. En adoptant ce chiffre, une fermière intelligente doit calculer ce que son ménage en emploiera, et de combien de mauvais grainages elle pourra disposer afin de savoir ce qu'elle en peut élever sans être entraînée dans une grande dépense, pour qu'il lui reste de quoi faire couver et vendre le surplus, s'il y a lieu.

Aussitôt que les vieilles volailles finissent de pondre, il faut garder celles qui doivent

couver et porter le reste au marché. Quand
ces dernières ont fini leurs couvées et que leurs
poussins devenus de petits poulets n'ont plus
besoin d'elles, on les vend à leur tour ainsi
que les jeunes coqs qu'on ne veut pas garder,
à l'exception de celui ou de ceux qui doivent
remplacer les vieux. On conserve autant de
jeunes poulettes qu'on a vendu de poules, afin
qu'en en ayant toujours le même nombre, la
dépense ne soit pas plus forte une année que
l'autre, ce qui assure un certain fonds de roulement qui ajoute quelques ressources.

Il faut toujours renouveler la volaille, une
poule de deux ans est de moindre valeur qu'un
poulet de l'année; elle dépense davantage et
fait plus de dégâts; aussi faut-il s'en défaire pour
la consommation ou la vente aussitôt qu'elle
a atteint sa croissance.

Dans beaucoup de terres, les propriétaires
habitant six mois, dans d'autres toute l'année,
la volaille s'y consomme en abondance. Malgré toute l'économie et l'ordre qu'on puisse
mettre dans l'élevage, on sera toujours en
perte avec les prix des marchés des petites
villes. Le moins dispendieux serait encore de
les acheter maigres et de les engraisser chez
soi, au moyen des épinettes.

Ici, comme chez tous les grands propriétaires,
la volaille étant élevée au printemps, a atteint

sa croissance vers le 15 août, époque où elle se trouve bonne à être livrée au marché. Le propriétaire est donc obligé de garder jusqu'au printemps suivant ce qu'il a réservé pour sa consommation qui est toujours grande, la volaille formant avec le gibier sa plus grande ressource. Ce qu'elles consomment pendant ce laps de temps augmente leur prix.

Par une comptabilité exacte de tous points, on a pu voir la moyenne de leur prix de revient, pendant les douze années de la gestion de janvier 1847 à la fin de 1858, suivant le cours des grains qui n'a pas toujours été le même.

Un canard . . . . 2 fr. 05 c.
Un poulet 2   60
Un chapon 3   30
Une dinde 6   15

Toutes ces volailles, sans être grasses, étaient bonnes en chair. Dans ce compte, il n'entre que leur nourriture; mais, si on y ajoute tous leurs dégâts, leur prix de revient augmentera beaucoup.

Il est d'une grande économie de semer le seigle autour des fermes, parce que la volaille y fait moins de dommages qu'aux blés.

On doit remarquer que les canards coûtent bien moins que les poulets, quoiqu'ils soient plus voraces; cela provient de ce qu'on cherche à s'en débarrasser promptement, tant pour cette cause que pour les dégâts qu'ils occasionnent, par leurs larges pattes charnues, dans les prés, qui sont en général au bord des ruisseaux, et partout où ils passent. De plus, le jeune canard est préférable au goût que le vieux. Conservant les poulets plus longtemps, ils reviennent plus chers par leur consommation.

Il faut attendre qu'un chapon ait dix ou onze mois pour qu'il ait atteint sa croissance, et le mettre à l'engrais : il y passe trois grandes semaines pendant lesquelles il dépense 15 litres de farine d'orge, si on la lui donne pure. On peut faire l'économie de deux ou trois litres en la mélangeant avec des pommes de terre, ce qui a l'avantage de varier sa nourriture. Il ne faut jamais la lui donner sèche : on délaie la farine avec du laitage. Un chapon bien soigné pèse ordinairement sept livres, quelques-uns arrivent à neuf.

Les dindes sont de toutes les volailles les plus coûteuses. Au commencement, elles demandent une attention particulière; aussi beaucoup de femmes n'y réussissent-elles pas. Aussitôt qu'ils sont éclos, le premier soin est de faire avaler à chaque petit un grain de poivre noir pour l'exciter à manger, et pour que leur digestion se fasse plus facilement; à partir de ce moment, leur donner peu à la fois et très-souvent : les orties hachées bien menues avec de la recoupe de son et un peu de lait pour commencer, ensuite on remplace le bon lait par du lait caillé. Ces petits êtres réclament la chaleur; on ne doit jamais les sortir par un temps pluvieux : le froid les fait mourir. On n'est certain de les élever que lorsqu'ils ont pris le rouge, c'est-à-dire que cette couleur paraît autour des yeux et des oreilles, ce qui n'arrive qu'à quatre semaines environ; le temps plus ou moins chaud les fait profiter plus vîte, et avance ou recule le premier échelon de leur vie.

Ces volatiles mangent beaucoup et avec avidité; lorsqu'ils sont plus forts, on est obligé de les sortir dans les chaumes ou dans les bois. Alors, un enfant peut les conduire; si c'est un troupeau, on est forcé d'avoir un chien dressé pour les garder, sans quoi on en perdrait beaucoup; tout cela augmente les frais. C'est bon pour des fermiers qui y trouvent une occupation à donner à leurs jeunes enfants; mais dans une propriété ou une grande ferme, les gages et la nourriture de ces enfants augmentent la dépense de l'éleveur. Aussi est-ce la volaille la plus coûteuse.

Quelques personnes disent que dans les années abondantes en glands, elles ne coûtent rien en les envoyant dans les bois; elles ne réfléchissent pas qu'avant de les y mener, il faut les élever, une fois dans les bois, les y garder de beaucoup plus près que dans un champ, car elles s'y perdraient plus facilement; ensuite il n'y a pas de glands tous les ans, et une fois éclos il faut les élever. Le seul avantage qu'elles procurent, ce sont de bonnes couveuses. Elles font souvent deux ou trois couvées par an, et on peut mettre sous elles une grande quantité d'œufs. Lorsqu'on doit élever beaucoup de volailles, il faut avoir exprès quelques mères dindes. Elles font d'épouvantables dégâts dans les récoltes comme dans les prés : leurs grandes pattes écrasent tout. Comme c'est un des plus grands volatiles, elles atteignent facilement les épis; aussi partout où elles passent leur destruction est bien marquée.

Les volailles, en général, sont assujetties à une espèce d'épidémie : elles sont bien portantes le matin, et dans la journée on les trouve mortes de tous côtés. Il est fort difficile de se rendre compte de la cause de cette maladie. Quelquefois une volaille mal nourrie est obligée de manger tout ce qui se présente, souvent des vers. Dans ces circonstances épidémiques, une légère purgation est salutaire. Quelques grammes de sulfate de soude, selon la quantité de volailles qu'on veut purger,

6.

dissous dans l'eau tiède, mélangés à une pâte faite avec de la farine qu'on rend grumeleuse, de manière à ce qu'elle puisse facilement s'avaler. Le médicament par lui-même n'étant pas assez violent pour qu'il puisse leur faire mal, on n'a pas la crainte qu'elles en mangent trop.

Je ne parle pas des oies, parce que je n'en élève pas. Cet animal aime le bord des ruisseaux; c'est là que se trouvent, en général, les prairies naturelles. Leurs larges pattes foulent l'herbe, la tassent dans le sol, forment des sentiers et font dans les prés les plus grands ravages. Il n'y a pas d'animal plus vorace, ni plus dévastateur. Il demande aussi une surveillance spéciale; une fois dans l'eau, il va quelquefois fort loin, et on court le risque qu'il occasionne des dommages chez d'autres propriétaires.

Après avoir passé en revue les diverses branches de spéculation agricole, on doit comprendre que la chose la plus essentielle, et qui est la base de toutes les industries, est une bonne comptabilité. Elle est généralement peu connue des fermiers; je dirai mieux : combien y a-t-il de propriétaires qui se livrent avec passion à l'agriculture, dans laquelle ils ne trouvent rien qui puisse leur faire obstacle, car ils se jettent dans cette voie sans se ren-

dre compte de leurs actions ni de leur dépenses? ils vont en aveugles, et courent quelquefois à leur ruine. Avec une comptabilité bien
régulière, bien comprise et bien organisée sur
des bases fondamentales, on a chaque jour,
chaque mois, un aperçu de la marche qu'on
suit; on est averti du moment où l'on se trouve
engagé trop loin, et on peut s'arrêter au
bord du précipice dans une marche incer-
taine.

Cette comptabilité vaut déjà par elle-même
la moitié d'un capital quelconque. Elle vous
guide dans vos démarches, vous indique vos
réussites comme vos pertes, vous démontre
vos ressources et vous donne le moyen de les
employer plus ou moins avantageusement. Un
de ces avantages est encore de vous permettre
de fournir dans le courant d'une exploitation
des renseignements exacts. Un ménage qui ne
sait pas organiser ses dépenses peut être entraîné; que sera-ce donc d'un établissement
sans comptabilité, que peut en espérer l'industrie? Dans l'agriculture, où tant de choses
sont sous la main pour être consommées, elle
est encore, s'il se peut, plus indispensable,
afin que toutes se trouvent employées avec
plus d'économie et de profit.

Il est à remarquer que les anciens militaires
deviennent souvent de très-bons agriculteurs,

ce qui s'explique facilement : habitués à l'ordre, à une activité journalière, sachant en même temps se faire obéir sans réplique, cette fermeté favorise leur entreprise. Leur pérégrination dans divers pays les a doués de l'esprit d'observation, qui leur donne la faculté d'embrasser d'un coup d'œil la facilité comme les différents obstacles de l'exécution des travaux. Quelquefois, il leur manque la science nécessaire pour se rendre compte des effets; mais, en compensation, ils sont doués d'une perspicacité et d'un bon sens qui ne leur fait jamais défaut.

La comptabilité est d'une absolue nécessité pour un administrateur ou régisseur à qui la gestion d'un vaste domaine et les maniements de fonds considérables sont confiés. Il n'a, le plus souvent, à côté de ses connaissances et de sa moralité, d'autre garantie à offrir au propriétaire que les livres, à l'aide desquels celui-ci peut vérifier tous les faits, prendre connaissance du mouvement des capitaux, et voir d'une manière claire et nette le résultat définitif de la gestion.

Le point de départ d'une comptabilité quelconque est l'inventaire. C'est un état estimatif et détaillé de toutes les espèces de valeurs engagées dans une industrie. On ajoute à ce mot d'inventaire, soit celui d'entrée, soit celui de sortie, pour faire la distinction entre l'inventaire qui forme l'ouverture et celui qui forme la clôture des comptes d'une année ou d'un exercice. Les mots *balance d'entrée* ou *de sortie* sont encore une expression employée dans le langage de toutes les comptabilités ; ils signifient la même chose que l'inventaire.

Dans les grandes exploitations rurales qui sont déjà organisées, qui fonctionnent depuis plus ou moins longtemps, et qui sont pourvues par conséquent des moteurs nécessaires, voici ce que comprendra l'inventaire :

1° La valeur des fonds qui est le prix du domaine avec ses dépendances : c'est ce qui constitue le capital foncier.

2° La valeur de tous les objets mobiliers qui servent à l'exploitation du fonds, comme animaux de travail, instruments aratoires, équipages, et, en général, toutes les machines et ustensiles nécessaires dans une exploitation ; ils sont compris sous le titre de capital d'exploitation fixe.

3° Les grains en magasin, les fourrages, les pailles, les engrais et tous les objets indispensables à l'entretien et au mouvement de l'exploitation, qui, réunis, forment le capital circulant. C'est à cette catégorie qu'appartient l'argent en caisse destiné à subvenir aux dépenses courantes, telles que salaire et nourriture des domestiques, paie des ouvriers, argent nécessaire pour l'acquisition des animaux de spéculation, les impôts, les assurances contre l'incendie, la grêle, etc., et d'autres frais divers et généraux.

Tous ces capitaux réunis forment l'actif.

En prenant le laps de temps qui s'écoule entre une époque et une autre, c'est-à-dire entre les deux phases de l'ouverture et de la fermeture des comptes, on aura une infinité d'opérations dont chacune absorbera une partie du service de ces moteurs que nous venons de mentionner, lesquels auront de leur côté à rendre des services quelconques. Il résulte qu'il y a dans chaque opération deux faits d'un ordre différent : l'un positif au *débit*, l'autre actif au *crédit;* ce sont là les éléments indispensables de tous les comptes.

Pour connaître la part du débit ou du crédit de chaque compte, ainsi que de chacune des branches d'une exploitation en particulier, pour faciliter ensuite le règlement de tous ces comptes en général, et pour résumer l'ensemble de toutes les opérations, on se sert de livres ou registres dont voici l'usage et la disposition.

Les premiers servent à recueillir le détail des faits nombreux qui se répètent journellement, et auxquels il est impossible de donner de prime-abord une valeur monétaire; car tout, dans une comptabilité, doit se résumer en francs et centimes, les travaux des attelages comme ceux des domestiques. Ces livres ne servent qu'à préparer les articles qui sont plus tard élaborés sur les livres principaux (1).

Le plus important et le premier de tous ces livres auxiliaires doit être, pour tous les cultivateurs, ce que les uns appelleront le *rapport*, d'autres le *journal des travaux*. Là, se trouvent inscrits chaque soir les travaux exécutés par les domestiques, les attelages, les journaliers. Le travail des domestiques ou employés sera évalué en nombre d'heures. Il en sera de même de celui des journaliers qui sera aussitôt estimé en argent. Chaque article commencera par l'indication, soit de la pièce de terre, soit toute autre spécialité pour le compte de laquelle le travail a eu lieu. On annote les diverses matières qui sont entrées ou sorties avec le motif des échanges. Dans le même registre, en mettant la date du jour, on commence par faire quelques observations relatives à la température et aux changements atmosphériques, à des expériences, aux maladies des

(1) On trouvera à la fin du volume les tableaux de ces divers livres. Le n° 1 représente exactement les travaux comme ils doivent être enregistrés pour qu'on puisse se rendre un compte exact de l'opération.

animaux observées en général par les domestiques, en un mot, à tous les faits dont un
cultivateur doit conserver le souvenir.

Par ce moyen, on sait combien de temps
les domestiques, les chevaux et les journaliers
ont mis pour exécuter tel ou tel ouvrage. A la
fin de l'année, sachant le nombre de journées
employées à chaque travaux, par un compte
exactement tenu de la dépense, du fait du domestique ou des chevaux, on saura à combien
revient la journée de travail, et par conséquent
combien on a dépensé dans telle ou telle opération. On sait aussi quelles expériences on a faites,
et à quelle cause on peut attribuer leurs résultats
bons ou mauvais; quelles ont été à différentes
époques les influences atmosphériques, la
bonne ou la mauvaise exécution des domestiques, et à quoi on peut attribuer les fautes;
en un mot, c'est le livre fondamental sous le
rapport de l'emploi du temps.

Un livre destiné à enregistrer la consommation des animaux; on y marque journellement les rations d'aliments qu'on délivre à
chaque espèce particulière (1).

Un livre semblable doit être tenu pour la
consommation du ménage, lorsqu'on nourrit
les domestiques (2); là ou leur nourriture se paie

(1) Voir le tableau n° II, à la fin du volume.
(2) Voir le tableau n° III, à la fin du volume.

en nature ou en argent, ce livre devient inutile.

Le *journal*, ce livre important qui résume toutes les opérations d'une gestion, doit avoir quatre colonnes : les deux premières servent à l'enregistrement de certains faits relatifs à divers débiteurs ou créditeurs; les deux autres comprennent les opérations de la caisse. On les désigne aussi par DÉBIT où sont portés les versements, et par CRÉDIT où figurent les paiements. Le débit de la caisse est formé de toutes les sommes entrées ou versées en caisse, à quelque titre que ce soit. Dans la rédaction des articles, on doit avoir soin d'indiquer toujours le titre du compte du créditeur avec les motifs du versement. Le crédit de la caisse se compose de toutes les sommes sorties où payées, avec l'indication du compte du débiteur et le motif du paiement (1).

Un livre nominatif des journaliers qu'on intitule *paie des journaliers*. On le dispose par huitaine ou par quinzaine, selon la volonté ou convenance de chacun. Il est tenu dans le but d'éviter toutes contestations au sujet du paiement de leurs journées. Quand on examine les comptes, on doit trouver le même chiffre dans le livre de caisse et dans celui des travaux des journaliers, qui est celui dont je

(1) Voir le tableau n° IV, à la fin du volume.

parle. Les paiements faits par la caisse aux journaliers doivent être portés au crédit du du compte de main-d'œuvre sur le grand livre, et on débite ce compte par leur travail extrait du livre des travaux (1).

Un autre livre d'une grande importance se nomme *entrée et sortie;* c'est principalement dans ce livre que viennent se grouper les opérations des livres précédents. On y ouvre autant de comptes qu'il est nécessaire pour classer tous les détails qu'on recueille, soit dans le journal, soit dans les travaux, soit sur le livre de la consommation des animaux et du ménage. C'est là effectivement que se forment divers comptes par débit et crédit (2).

Les comptes de tous ces livres auxiliaires seront portés au grand livre, dans lequel chaque spécialité qui fait partie d'une exploitation aura son compte ouvert par débit et crédit. Les écritures étant de beaucoup réduites par l'aide des registres auxiliaires, ce livre (3) devient l'essence de tous les comptes dont les plus essentiels sont : capital, mobilier, chevaux ou toute espèce d'animaux employés, graines, foin, paille, racines, bois aménagement, culture, domestiques, main

(1) Voir le tableau n° V, à la fin du volume.
(2) Voir le tableau n° VI, à la fin du volume.
(3) Voir le tableau n° VII, à la fin du volume.

d'œuvre, caisse, frais généraux, etc. On doit se convaincre de cette vérité que la mission de la comptabilité est de constater et de vérifier les faits survenus; c'est dans les faits mêmes qu'on en cherche la solution. Aussi, en faisant un résumé, je m'étendrai davantage en présentant des exemples.

A une époque fixée pour la clôture des comptes, on commence un nouvel inventaire de sortie qui a pour but de constater et d'établir la situation de l'exploitation de la ferme. La destination de ce travail est la même que celle de l'inventaire d'entrée. Une fois toutes ces valeurs consignées et constatées à l'aide de chiffres, on fait la balance de tous les comptes de l'exercice précédent. Voici le résultat final de cette manipulation. Le point de départ étant un chiffre donné, capital ou réunion de toutes les valeurs mises en œuvre, on doit, si les opérations ont produit des effets favorables, présenter à la fin de sortie un chiffre supérieur, c'est-à-dire que les valeurs actuelles doivent être grossies des bénéfices qu'on a faits. Dans le cas contraire, ces valeurs réunies présentent un chiffre inférieur, d'autant plus inférieur qu'il y aura plus de pertes. Ceci établi, la même balance de sortie qui a servi pour opérer la clôture des comptes sera transportée en tête des comptes nouveaux, pour former, de même que l'année précédente, la balance d'entrée et l'ouverture de la comptabilité pour l'exercice suivant. Telle est la marche qui doit être suivie dans une comptabilité agricole.

Ces détails donnés, on mettra sous les yeux du lecteur le compte de la culture des fermes de Sainte-Christine et du Bas-Canal, par un extrait tiré du grand livre, afin de faire connaître leur produit net à la fin de 1858.

Le motif qui fait donner la préférence à cette année est que c'est la dernière écoulée avant la publication de ce petit résumé d'agriculture pratique, et que cette année, quoique avantageuse par la récolte, s'est trouvée par le cours des grains beaucoup moins favorable que les quatre précédentes où le blé se vendait de 30 à 33 francs l'hectolitre. Le cours des marchés met une perte de moitié sur l'estimation des animaux ; le blé ne se paie maintenant — c'est-à-dire dans tout le cours de l'année — qu'environ 15 fr. l'hectolitre. Aussi, en prenant l'année la moins avantageuse pour base de ses opérations, si on y trouve encore un bénéfice, que sera-ce donc lorsqu'il adviendra une année plus favorable au commerce ? En se basant sur des produits qui ont, par les cours actuels, une véritable dépréciation de leur valeur réelle, on peut être bien certain, ayant encore donné d'heureux résultats, d'être dans le vrai et d'avoir de grands avantages lorsque se présenteront des circonstances plus favorables.

En dépouillant chaque article, j'aurai l'occasion de développer davantage les faits de la comptabilité.

Les fermes de Sainte-Christine et du Bas-Canal avaient été mises, au commencement de 1847, comme il est dit plus haut, sous ma direction, pour leur donner une marche régulière par le système adopté dans le projet de culture soumis au propriétaire, — système dont la marche avança plus qu'on ne l'avait prévu, ce qui l'engagea à me confier trois autres fermes aussitôt que leurs baux furent expirés, afin de leur donner la même impulsion qu'aux deux premières.

Aussi je me suis pénétré de ce principe, que si l'agriculture est plus lente dans sa marche sans grands capitaux, elle n'est pas moins certaine de ne jamais les compromettre. Rappelons-nous cet axiôme que nous avons déjà eu occasion de citer plusieurs fois : « le temps, c'est l'argent. »

Voir, à la page suivante, ce que ces deux fermes ont donné pour résultat à l'exercice de 1858.

Compte de culture de Sainte-Christine et du Bas-Canal.

DOIT.			AVOIR.		
1858.			**1858.**		
Août, 7. A caisse, payé aux métiv. le bouquet	5	00	« Par vente. de réc. d'avoi.	682	00
« 16. A caisse, 10 kil. de sulfate de cuivre pour semences	18	00	« Par....id.....de blé.	5044	30
Déc. 29. A caisse, payé au mécanicien, pour battage, blé et avoine	235	55	« Par....id....de paille.	598	45
« A avoine, en magasin pour semences	77	30	« Par...id.....de blé, 2ᵉ qualité de rechute.	184	95
« A blé, ... id.........	716	40	« P. réc. de prés. nat. étart.	5595	50
« A méteil, en magasin, donné aux métiviers pour la cour	16	45			
« A m.-d'œuvre, div. ouvr. de l'an.	515	20			
« Au maréchal, p. entr. des charrues.	105	90			
« A chevaux, leur ouvrage de l'année.	1089	50			
« A bœufs .... id.........	1607	40			
« A domestiques......id.........	632	40			
« A frais gén., div. dép. de l'année.	685	05			
« A vacherie, perte.............	846	63			
« A profit............(1).	5536	42			
Total.............	11703	20	Total.............	11705	20

(1) Ce sont ces deux mêmes fermes qui, avant 1847, rapportaient ensemble 1717 fr., ainsi qu'il est constaté par les baux.

Par ce compte, on voit que dans le débit est porté tout ce que la caisse a dépensé. La date du livre de caisse et celle du journal doivent se rapporter. On voit que la caisse a payé une gratification aux métiviers, pour leur bouquet; qu'on a acheté du sulfate de cuivre pour préparer la semence du blé ; qu'on a payé le mécanicien de la machine à vapeur pour le battage de la récolte, enfin tout ce qui a été porté à la caisse au titre culture. Après, suivent les relevés du livre *entrée et sortie* ou du grand livre, de chaque compte particulier, avoine en magasin, le nombre de semences qui, réduit en argent, forme la somme indiquée : blé en magasin, méteil en magasin, etc.

Chaque article doit se réduire en argent et ne figurer dans le grand livre que comme espèce monétaire.

Le compte de la main-d'œuvre représente les ouvriers employés à divers travaux pendant le courant de l'année. Il est bien entendu que ce sont ceux exécutés à la journée et non ceux des tâcherons. Je rappellerai que les principaux ouvrages sont faits à la tâche, et que quelques-uns sont payés en nature des produits : telles sont les moissons. (*Voir les conditions des métiviers à la fin de l'ouvrage.*)

Le *créditeur*. Le maréchal qui entretient les charrues annuellement dont le compte est réglé, mais, étant débiteur envers d'autres objets, son compte a été liquidé, mais non payé par la caisse. Il a donc été passé de l'un à l'autre, ce qui dans la comptabilité s'appelle passer les écritures.

Le compte des chevaux de travail résulte de la dépense faite par la caisse en divers détails, tels que : médicaments, vétérinaire, bourrelier pour l'entretien des harnachements, maréchal pour les ferrages annuels, leur nourriture, foin, avoine et son. Ce compte a son inventaire d'entrée et sortie. Il est évident que les chevaux diminuent de valeur en travaillant, aussi cette perte doit se fondre dans la dépense. Il est donc juste de compter 30 0|0 de dépréciation sur la valeur de chaque partie du mobilier, et de diviser ce 30 0|0 en trois parties égales qu'il faut porter aux comptes des chevaux, des bœufs et des domestiques. De cette manière, cette perte est plus également répartie sur chaque compte en proportion de l'ouvrage qu'il fournit. En réunissant tout ce qui a été porté au débit du compte des chevaux, nous déduisons de cette somme l'inventaire de sortie, et le reste est porté dans chaque compte respectif où les chevaux ont travaillé; alors on prend le total du nombre d'heures de travail fait par eux dans l'année qu'on trouve dans le journal des travaux. On le divise par la dépense qu'on vient de mentionner et on obtient le prix de revient d'une heure de travail. Comme le journal donne, d'une manière très-détaillée, l'heure de travail de chaque espèce, en le multipliant par les heures d'un travail quelconque, pour une heure de revient du prix de la dépense des chevaux, on obtient la dépense qu'a coûté un certain travail.

On fait la même opération pour les bœufs ; elle commence par l'inventaire de l'entrée ou de leur acquisition, les médicaments, les soins donnés par le vétérinaire ou le maréchal, leur harnachement qui est beaucoup moins coûteux s'ils sont attachés par le joug au lieu du collier.

C'est une question dans laquelle les agronomes se divisent en deux partis. Les uns donnent la préférence aux bœufs attachés au collier, disant qu'on peut les employer à tout, et qu'il est facile de les dédoubler pour les mettre aux tombereaux, ce qui donne un grand avantage pour certains travaux. On dit qu'ils acquièrent de la vitesse dans leur marche, n'étant plus gênés dans le mouvement de leur tête ; on prétend même qu'en été, ils peuvent travailler plus longtemps, parce qu'étant libres, ils se défendent plus facilement des insectes.

D'autres—et surtout en France—trouvent que l'attelage est préférable au joug ; que les

7.

harnachements moins coûteux sont à la portée
de chacun, que si l'animal exécute plus lentement, c'est avec beaucoup plus de force, car
cette force ne réside pas comme chez les
chevaux dans les épaules et la poitrine, mais
dans le cou et surtout dans l'épine dorsale.
Les bœufs, n'éprouvant aucun obstacle, tirent
dans un collier; mais s'il s'agit d'arracher une
charrette chargée et embourbée, ils y parvien-
dront plus facilement attachés par le joug
qu'attelés. Nous pouvons nous résumer en disant qu'il faut suivre l'usage du pays. Si les
bœufs doivent aller soit au collier, soit au
joug, il faut qu'ils y soient habitués dès l'enfance, et si vous désirez adopter un mode qui
n'est pas en usage dans votre localité, il faut
y habituer l'animal avant de le faire travailler,
ou si c'est un animal élevé chez vous et que
vous veuillez le vendre, cette condition est
aussi indispensable pour vous en défaire aisé-
ment.

En Allemagne, pays de plaines, les bœufs
sont attelés par deux ou quatre à des charriots
à quatre roues; ils n'éprouvent pas de grands
obstacles, tandis que les chemins souvent im-
praticables des campagnes, en France, contrai-
gnent plutôt de les attacher par le joug. Leur force
se trouve plus concentrée là où elle est nécessaire
pour vaincre les obstacles. Enfin, les coutumes

sont si difficiles à détruire, même dans un but utile, que la perte est souvent le résultat pour celui qui s'obstine à en introduire de nouvelles.

Après avoir réuni la dépense générale, on opère de la même manière que pour les chevaux. Il faut défalquer l'inventaire sorti du total de la somme portée au débit; le reste de la dépense sert à fixer le prix d'une heure de travail, en divisant par le total d'heures de travail extrait du livre des travaux. C'est tout à fait la même marche que dans le compte précédent.

Celui des domestiques n'a pas d'inventaire d'entrée ni de sortie : on porte au débit leurs gages, leur nourriture, ou s'ils ne sont pas nourris, comme cela arrive ici, on y porte leur ordinaire, vin et méteil réduits en argent, le bois aménagé, c'est-à-dire le bois pris dans les coupes pour leur chauffage; en même temps, on ajoute pour leur compte un tiers de la perte sur les objets mobiliers, les deux autres tiers étant portés au compte des chevaux et des bœufs.

Cela est juste; une partie de ce mobilier est usé, si ce n'est pour leur propre usage, au moins par leurs mains dont le travail apporte la détérioration, aussi ne peut-on diviser d'une manière plus rationnelle cette perte que par ce moyen. Quelques personnes trouveront peut-être qu'il est un peu exagéré d'évaluer toute détérioration à 30 0,0 : souvent elle est comptée à 20 0|0. C'est pour établir un équilibre par une moyenne fixe; ainsi un objet acheté au mois de décembre n'aura certainement pas perdu, au 1ᵉʳ janvier, époque de l'inventaire, 30 0|0 de sa valeur; mais celui dont l'acquisition date du commencement de l'année, qui est presque usé et qu'il faudra bientôt remplacer, n'est également porté à perte que pour 30 0|0; ou même si on désirait revendre le même objet acheté en décembre, le marchand ne le reprendra qu'à perte, quoiqu'il puisse passer pour neuf. Comme tous les produits sont en contact avec le mobilier, il est juste que, non-seulement ils supportent leur détérioration, mais encore qu'ils donnent le moyen de les remplacer.

Il faut donc reconnaître cette détérioration au compte des domestiques, la porter à leur débit, et diviser par ce compte le total des heures de travail faites dans l'année courante qu'on trouve au journal des travaux; on obtient le prix de revient d'une heure et par conséquent celui des divers ouvrages exécutés par les domestiques, lesquels forment le crédit de ce compte qu'on dispose dans chaque compte respectif.

En m'étendant aussi longuement dans le développement de la comptabilité agricole, c'est par le désir de faire bien comprendre combien elle est d'absolue nécessité pour un cultivateur. Sans elle, aucune opération ne peut arriver à bonne fin; c'est elle qui gouverne notre marche et assure nos pas, qui nous donne la hardiesse par la conviction. Sans elle, le chaos.

S'il ne se trouve pas, dans la suite de ces quelques avis, l'ordre méthodique qui règne habituellement dans les traités d'agriculture, c'est qu'en ouvrant un compte, en comparant sa marche et l'appliquant à la pratique, mes idées suivent cette impulsion; je les livre telles que je les comprends, sans que le temps, pour moi bien limité, me permette d'apporter plus d'ordre dans leur suite. Mes journées se passent à parcourir les cinq fermes que j'administre, à visiter des travaux qui se trouvent en proportion d'une étendue de 1050 hectares, à parcourir les bois, ordonner les coupes; le soir, le temps nécessaire à la comptabilité de chaque jour; aussi, pour écrire ces quelques pages, suis-je forcé de prendre sur mon repos et de me dérober aux affections de ma famille. En suivant la marche de ma comptabilité, les faits de l'expérience, en se déroulant sous mes yeux, me font gagner du temps et me facilitent une tâche que je considère comme un devoir envers ce pays.

Dans le nombre des matières que je traite, les unes y trouveront peut-être quelque profit, d'autres les rejetteront ; que je puisse être seulement quelque peu utile à un petit nombre, et je me sentirai heureux.

Reprenant la suite des comptes de culture, on y voit figurer au débit les frais généraux. Ce compte demande quelques explications, afin qu'on puisse comprendre quel but il atteint. Au compte des frais généraux, on a l'habitude de porter tout ce que la caisse dépense, en frais de voyage du régisseur concernant les intérêts de la propriété, le bois aménagé délivré par les bois pour le chauffage du régisseur, les ouvrages pour la salubrité de l'habitation, divers travaux exécutés par les chevaux, les bœufs et les domestiques pour l'entretien et la réparation des routes dans le courant de l'année ; frais de bureau du régisseur, impôts fonciers et assurances diverses, les frais de l'entretien des bâtiments, les appointements du régisseur. L'addition de toutes ces sommes réunies nous donne un total qu'il faut diviser par celui de la contenance de la propriété. Il en résulte un produit qui donne tant par hectare. Ce produit obtenu, vous le multipliez après par le nombre d'hectares d'une ferme que vous exploitez ou que vous louez, et vous portez toutes ces sommes au crédit du compte des frais généraux.

Il est essentiel d'avoir ce compte établi, même dans l'administration d'une propriété dont toutes les fermes sont louées. N'importe quel système existe, il y a toujours divers frais qui doivent être dispersés proportionnellement à l'étendue du terrain. Si une ferme de 20 hectares supporte une telle charge de frais généraux, celle qui a le double d'étendue en doit supporter le double.

En général, dans ces localités, on compte par revenu d'une ferme sans penser jamais à en déduire tant de frais qui restent à la charge du propriétaire, tels que : les impôts fonciers, l'assurance et l'entretien des bâtiments, et mille autres petits frais auxquels on ne songe pas.

Après le compte des frais généraux, sur le tableau de culture, on doit être étonné d'apercevoir celui de la vacherie qui s'y trouve en perte, lorsque plus haut la vacherie est comptée parmi les animaux de spéculation. Dans une grande administration, la comptabilité a beaucoup plus d'extension, aussi on a des comptables spéciaux ; ici c'est autre chose ; il faut, en joignant une grande exactitude à une grande clarté, simplifier cette comptabilité en diminuant un peu le travail, sans cependant diminuer son importance. La vacherie est

portée au compte de la culture, parce que c'est
la culture qui fournit la paille pour la litière
des vaches. La vacherie lui donne le fumier
qui est accepté en échange de la paille; c'est
pourquoi, dans les comptes de culture qui sont
soumis ici, il ne figure pas d'autres engrais
que ceux achetés, et que souvent dans une
spéculation, telle que celle-ci, la vacherie est
en perte. Mais la culture ne pouvant se passer
de fumier, ces animaux sont indispensables.
Comme c'est la vacherie qui nous en a fourni
pour fertiliser nos terres, il est juste que la
culture reprenne à sa charge la perte de cette
vacherie. C'est ce qui a déterminé à supprimer les tableaux des engrais qu'on entretient
dans les grands établissements, et en cela de
simplifier la comptabilité.

Dans ce même tableau de culture, au crédit,
est porté la vente des récoltes d'avoine et de
blé. La paille représentée par une petite somme est celle qui a été vendue et non celle qui,
consommée ici, a donné le fumier en échange.
Les prés artificiels et naturels sont tenus sépa-
rément. On déduit tous les frais qu'ils occasionnent compris le travail et l'engrais, de
manière qu'ils rentrent dépouillés de toutes
leurs charges; ils sont représentés par un
bénéfice net. Si ce bénéfice s'accroît énormé-
ment, cela vient de la grande étendue du

terrain qui produit les prairies artificielles, dans lesquelles le plâtre cuit a augmenté le rendement, tandis que le guano a non seulement amélioré la qualité, mais encore a doublé le produit des prés naturels.

Le résultat final de ces deux fermes a été, en 1858, un revenu de 5,356 fr. 40 c.; ce revenu, en 1856, avait été beaucoup plus élevé, ce qui ce conçoit parfaitement, quoique la récolte ait été moins abondante, car le rendement par hectare, en moyenne, dans ces deux fermes n'était que de 16 hectolitres 19 litres, qui ont été vendus à 31 fr. l'hectolitre de 77 kilogr., et comme les blés pesaient, en 1856, 80 kilogr. l'hectolitre, il en résulte que l'hectolitre de blé a été vendu 32 fr. 20 c., ce qui nous a donné par hectare le produit brut, non compris la paille, de 511 fr. 30 c. Quand à cette année 1858, le rendement, quoiqu'il ait été abondant et d'une qualité snpérieure, le blé n'ayant pu atteindre un maximum de 15 fr. l'hectolitre, quoiqu'il dépasse le poids voulu dans le commerce de la localité qui est de 77 kilogr., la moyenne dans lesdites fermes ayant été de 20 hectolitres 4 décalitres, nous donne un produit brut par hectare, non compris la paille, de 306 fr. Il en résulte plus de 200 fr. au désavantage de la culture sur l'année précédemment citée.

7.

En examinant l'augmentation des produits, de laquelle suivit celle des revenus, chacun voudra savoir quelles phases on a traversées, avec quels sacrifices on est arrivé à ce résultat, quelles sommes ont été livrées, et à quel usage elles ont été employées. C'est ce qu'il faut expliquer afin que chacun puisse juger si ces moyens en totalité ou en partie peuvent lui être d'une facile exécution.

Avant d'établir un tableau, année par année, de toutes les dépenses faites dans l'amélioration de ces fermes, il faut dire que le capital améliorant doit être considéré comme capital foncier, c'est-à-dire comme plus-value de votre propriété. Si vous construisez une écurie ou quelqu'autre bâtiment pour l'exploitation de votre culture, vous ajoutez à vos biens une certaine valeur. Si vous faites un drainage à vos champs, prés ou vignes, en les rendant plus productifs, vous ajoutez à leur valeur intrinsèque. Ces valeurs peuvent se diviser en deux catégories.

La première est l'argent qu'il faut posséder avant d'en pouvoir disposer.

La deuxième peut se composer d'une infinité de ressources produites par la propriété elle-même, sans occasionner aucun déboursé, et dont l'emploi ne dépend que de l'intelligence de l'homme: celle-ci se nomme capital composé ou créé. On y trouve les bois qui servent aux constructions; dans les fermes, vous avez les attelages qui font les charrois quand ceux-ci ne travaillent pas pour votre culture; vous savez par une exacte comptabilité à quoi leur temps a été employé, et à combien d'argent ce temps peut être évalué. Par ce moyen, vous retirez avantage des deux côtés, car s'ils restent sans rien faire, ne pouvant travailler à la culture, leurs journées de travail se trouveront augmentées, tandis qu'avec une bonne organisation, ayant toujours un moyen de les employer, vos journées diminueront de prix de revient; c'est pour ce motif que nous lui donnons le nom de capital créé, lequel se trouve toujours à la portée de chaque cultivateur. Le capital réel, comme argent, et ce capital créé doivent être considérés dans une comptabilité comme un même compte; en lui donnant ici un nom, et en le divisant en deux parties, mon but est de mieux me faire comprendre, en donnant la faculté d'apprécier les dépenses et de connaître ses propres ressources.

En relatant un certain nombre d'années dans l'espace restreint d'un tableau, j'ai été forcé de fondre bien des détails en un seul article; ces abrévations doivent se comprendre facilement.

1ʳᵉ CATÉGORIE. — CAPITAL ARGENT.	ARGENT.
1847. A caisse, nivellement, argent comptant.....	166 40
« A main-d'œuvre........................	87 75
« A caisse, défrichement.................	27 25
« A caisse (pour 7,374 mètres cubes de vase)...	2354 70
1848. A caisse, nivellement des prés............	266 75
« A main-d'œuvre......................	218 00
« A caisse, remuer la vase..............	650 60
« A caisse, défrichement................	179 75
1849. A caisse, assainissement, nivellement......	443 05
« A main-d'œuvre......................	909 25
« A caisse, chaux, amendement..........	505 00
« A main-d'œuvre......................	40 95
1850. A caisse, nivellement.................	245 95
« A main-d'œuvre......................	549 00
1851. A caisse, nivellement, assainissement......	557 75
« A main-d'œuvre......id.............	515 70
« Id. prés....................	255 45
1852. A caisse, remuer la vase, nivellement......	680 95
« A main-d'œuvre........id...........	151 50
« A caisse, constructions de bâtiments........	219 40
« A main-d'œuvre......................	11 40
1853. A caisse, prés, nivellement.............	558 55
« A main-d'œuvre......................	15 50
« A caisse, constructions de bâtiments.......	247 70
• A main-d'œuvre......................	156 90
1854. A caisse, nivellement des prés............	540 10
« A caisse, constructions de bâtiments.......	415 00
1855. A caisse, nivellement des prés.............	62 30
1856. A main-d'œuvre, nivellement des prés......	10 00
1857. A caisse, maçons, Bas-Canal.............	18 00
1858. A caisse, vase, amendement.............	76 00
« A caisse, constructions de bâtiments........	1122 00
• A main-d'œuvre	69 45
Total...................	11385 55

2me CATÉGORIE. — CAPITAL CRÉÉ.	ARGENT·
1847. Charrois faits par les chevaux, nivellement...	90 00
« Id. domestiques, id......	52 00
1848. Charrois de la vase par les chevaux........	83 49
« Id. par les bœufs	164 16
« Id. par les domestiques......	151 10
1849. Charrois de la vase par les chevaux........	697 31
« Id. par les bœufs..........	19 38
« Id. par les domestiques......	538 44
« Charrois des bœufs...................	160 50
1850.	
1851.	
1852. Charrois de la vase par les domestiques......	215 65
« Id. par les chevaux........	445 85
« Id. par les bœufs..........	5 95
« Bois aménagement, bois fourni par la propriété.	200 53
« Charrois des bois par les domestiques......	23 00
« Id par les chevaux........	44 10
« Id. par les bœufs	5 00
1853. Bois aménagement, fourni par la propriété...	28 55
« Charrois de bois par les domestiques......	8 91
« Id. par les bœufs..........	5 61
1854. Bois aménagement, fourni par la propriété...	97 50
« Charrois de bois par les domestiques......	5 85
« Id. par les bœufs..........	4 25
1855.	
1756.	
1857.	
1858. Bois aménagement, fourni par la propriété...	1636 20
« Charrois de bois par les domestiques......	156 55
« Id. par les chevaux........	586 55
« Id. par les bœufs..........	219 75
Total...................	5441 82

On voit que le tableau qui précède est divisé en deux colonnes. Dans la première est représenté l'argent dépensé dans le courant des douze années pour l'amélioration des deux ferme de Sainte-Christine et du Bas-Canal. Ces améliorations se composent de nivellement de terrain. C'est ici que je développerai davantage les diverses marches que j'ai suivies, afin de faire connaître quelle attention on doit apporter au bon état des terres labourables, et combien il dépend du cultivateur de ne pas négliger dans le courant de l'année mille petits soins qui paraissent insignifiants; si cela arrive, ces petites négligences s'accumulent tellement d'une année à l'autre, qu'elles occasionnent ensuites de grandes dépenses.

Comme il a déjà été dit, les fermiers labouraient avec l'araire qui ne peut que déplacer la terre en avant, à droite, à gauche, mais sans la diviser, de sorte qu'en arrivant au bout de l'enrayage, cette espèce de charrue a amassé une grande quantité de terre. Le laboureur est forcé de la secouer et de la nettoyer pour continuer l'ouvrage; mais s'il n'a pas soin, une fois le labour terminé, de rejeter avec la pelle cette terre dans le champ, et qu'elle s'y accumule plusieurs années de suite, il se forme, aux deux extrémités, des élévations qui, dans un terrain sans grandes pentes, donnent à celui-ci, par cet effet, la forme concave. L'eau, dans ces terres sablonneuses et battantes, ne pouvant pénétrer dans le sol, séjournait dans cette concavité, et faisait évidemment périr la récolte, ne pouvant s'échapper, le passage lui étant barré aux extrémités.

Les fermiers se plaignaient de l'humidité du sol, et le propriétaire se fiant à leurs demandes y accédait dans l'intérêt commun. Il fit donc couper ces pièces par des fossés pour l'écoulement des eaux; mais comme il en payait la façon, il voulut tôt ou tard rentrer dans sa dépense en faisant planter des arbres de chaque côté. Par cette manière d'opérer pendant trente et quelques années, les champs devinrent de plus en plus petits, car dans ce laps de temps il fut fait dans la propriété deux cent mille plants de diverses espèces de peupliers. Quelques-uns de ces champs étaient devenus tellement resserrés par les arbres que les racines s'entrelaçaient; la division en était telle, dans certains endroits, qu'une charrue attelée de quatre bœufs n'avait pas la place d'y tourner.

Une de ces pièces, l'une des plus grandes des deux fermes, se nomme Champ de la Boucannerie; elle est connue de tous aux environs par les belles récoltes qu'elle donne aujourd'hui.

Cette terre était improductive en 1847 ; elle contient 13 hectares d'un parallélogramme régulier, exposée au nord-est, d'une pente douce ayant tout au plus par endroits un centimètre de pente par mètre. Elle était divisée par 23 fossés dirigés dans tous les sens et interceptant la pente naturelle de la pièce. Tous ces fossés étaient donc entourés d'un double rang d'arbres, sans aucun examen ni étude, pour que l'écoulement des eaux puisse avoir son déchargement facile dans la rivière qui se trouve près de là. Dans l'intérêt d'un moulin situé plus bas, on en a tourné le courant naturel afin d'avoir une chute plus forte. Il en résulte que cette rivière se trouve placée plus haut que le niveau des fossés qui devaient lui amener l'eau ; aussi en tous temps étaient-ils pleins, et, au lieu d'écouler les eaux, ils entretenaient l'humidité dans les champs.

Cette terre était tellement en ruine qu'il fallait avant tout en entreprendre l'amélioration. Ne voulant pas la laisser une année sans produire, on y sema de l'avoine, qui, une fois levée, présentait un fort mauvais aspect. Un fabricant d'engrais artificiels vint en faire les offres avec des promesses merveilleuses ; la nécessité força d'y avoir recours ; appuyons sur la nécessité, car, pour divers motifs, il ne faut faire ces expériences qu'avec une certaine réserve; il entre souvent dans ces sortes d'engrais une grande quantité de tourbe et de matières inertes. L'engrais qu'on sema sur cette avoine, lui fut-il plus nuisible qu'utile? on ne sait; il vaut mieux croire au profond épuisement du sol, mais elle ne rendit que 10 hectolitres par hectare, quand le même terrain a produit l'année dernière, 1858, 23 hectolitres de blé par hectare.

L'automne suivant, on arracha tous les arbres, on combla tous les fossés sans exception, on nivela le terrain, on rapporta les terres du bas vers le milieu, puis on refit quatre fossés qui, entourant la pièce, se réunissent à un point donné auprès de la rivière, qui, comme il est déjà dit, se trouve plus élevée que le plus bas niveau de la pièce. Pour ce motif, je fis construire un aqueduc qui fait passer l'eau sous la rivière, et, par un fossé, la mène dans la partie la plus basse de la propriété.

J'ai adopté les billons de la Beauce, c'est-à-dire que mes champs sont labourés en planches de trois mètres de largeur, bombées au milieu, et légèrement inclinées de chaque côté vers une rigole disposée dans la direction de la pente naturelle de la pièce; de cette manière, il n'y reste pas une goutte d'eau : tout s'écoule régulièrement sans faire aucun ravage dans les terres.

En 1852, on sema du trèfle dans les blés;
l'été et l'automne furent pluvieux; aussi, après
la récolte des blés, le trèfle poussa de telle
sorte que, vers le mois d'octobre, il commençait à fleurir. Ayant assez de fourrage, on le
vendit sur pied aux petits cultivateurs à raison
de 5 francs par billons, lesquels contiennent
une boisselée trois quarts, ou 9 ares 18 centiares, ce qui fit environ 55 francs par hectare en plus de la récolte de blé. Ceci n'empêcha pas l'année suivante de recueillir 6,000 kilogr. dans la première coupe, et 4,000 dans
la deuxième, ce qui donna 10,000 d'excellent
fourrage par hectare, sans autre frais que le
fauchage et la fenaison.

Une bonne récolte de trèfle nettoie et étouffe
toutes les mauvaises herbes, et, avec un seul
labour dans de bonnes conditions, la terre se
trouve en bon état pour recevoir la semence
de blé d'automne. Cette récolte remarquable
fit un certain effet sur les campagnards qui
commencèrent à semer le trèfle plus qu'aupa-
ravant. Ils prétendaient qu'il ne réussit pas,
et que les blés viennent mal après; cela
résulte de ce qu'ils le gardent ordinairement
deux ans; récoltant la première coupe en fourrage, la deuxième en grains, ils en font autant
la seconde année. On sait que les plantes
fourragères n'épuisent pas la terre, au con

traire elles l'améliorent, lorsqu'on s'en sert
comme fourrage et qu'on l'enlève avant la
formation de la graine; mais lorsqu'on laisse
passer la floraison la terre est obligée de fournir la nourriture pour la formation de la
graine, qui est plus abondante dans le trèfle
que dans d'autres plantes; aussi, fournissant
en plus grande quantité, elle épuise en proportion. Il n'est donc pas étonnant que,
n'ayant pas rendu à la terre ce qu'elle a dépensé, le blé vienne mal après deux ans de récolte
de trèfle : cela ne dépend ni de la plante ni de
la terre, mais du manque de connaissance du
cultivateur, aussi, comme il arrive souvent :
exigeant trop, on obtient peu.

Pour arriver à ces résultats, il fallait donner à cette terre, non-seulement de bons
labours, niveler les terrains, les assainir, mais
encore un engrais qui puisse remédier à
l'épuisement de ces longues années, pendant
lesquelles on tirait du sol sans rien lui rendre
en fertilité. Comme il arrive toujours au commencement d'une exploitation, on manquait
des engrais nécessaires : voici comment on
s'en procura.

Le propriétaire ayant désiré pour son agrément faire nettoyer une partie des canaux
dans lesquels se trouvaient au moins deux
pieds d'épaisseur de vase, on prit toute la

dépense de ce travail sur le compte de la culture. Comme on le voit dans le tableau d'amélioration, l'extraction de 7,374 mètres cubes de vase a coûté 2,354 francs 70 centimes. Toutes ces sommes ont été portées au compte d'amélioration. On mit cette vase dans la pièce de la Boucannerie, qui, par ce moyen, se trouva en état de produire dès la première année.

Il est certain que cette ressource n'existe pas dans toutes les propriétés, mais combien d'autres peuvent s'y rencontrer : là une chose, ici une autre. Dans combien d'endroits se trouve une mare comblée : là, une grande quantité de gîtes de fossés qui, mélangés avec la chaux, font un excellent engrais; ici, la marne qui contient une plus ou moins grande quantité de parties calcaires; ailleurs, l'argile ou le sable peuvent servir comme amendement. Il y a tant de ressources à trouver dans une propriété, souvent l'agrément, la fantaisie peuvent être utilisés pour l'amélioration du sol.

Chaque propriétaire qui habite la campagne conçoit un désir bien naturel, celui d'embellir et de rendre plus agréable ce qui l'entoure; en cultivant lui-même, il peut plus facilement concilier les embellissements avec la plus-value de sa culture sans grands déboursés.

En prenant pour exemple cette vase enlevée des canaux, si toutes les fermes avaient été louées, ce curage des eaux n'eut pas été moins nécessaire, tant pour l'agrément que pour la salubrité; le prix eut toujours été le même; de plus, pour faire enlever cette vase qu'on eut donnée pour rien, il en aurait encore coûté plus du triple, et on n'eut pu y arriver sans grands sacrifices. Tandis qu'en faisant valoir soi-même, on trouve toujours moyen de tout employer; c'est ainsi que l'utile et l'agréable se viennent mutuellement en aide. Il ne faut pas oublier que dans tout doit être apportée une certaine connaissance agricole qui empêche de faire fausse route; un ordre et une économie sans lesquels on ne peut trouver d'avantages ni pour l'un, ni pour l'autre.

Dans le tableau d'amélioration de la première catégorie, se trouve principalement les sommes dépensées pour le nivellement des terres et des prés, qui, situés dans les bas vallons, sont faciles à arroser; aussi avec quelques nivellements on put donner l'eau à volonté. Il faut s'en servir avec modération, parce qu'elles proviennent de sources trop froides. Souvent, au printemps, des inondations sont favorables aux prés en déposant un limon qui augmente leur végétation. Après la coupe du premier foin, vers le commencement de juillet, on inonde les prés entièrement en laissant séjourner l'eau au plus 48 heures; en général, par leur position, ils conservent l'humidité.

On voit encore dans ce même tableau la main-d'œuvre qui comprend les journées d'hommes employés à charger les tombereaux de vase et la porter plus loin; il fallait des journaliers.

Il est préférable pour une foule de travaux, surtout le nivellement et le terrassement, de faire faire à la tâche : l'ouvrier le préfère. Stimulé par le gain, il travaille plus activement; tandis qu'à la journée, il demande plus de surveillance; il y a donc avantage pour l'une et l'autre partie.

On porte encore dans cette première catégorie tout ce qui a été payé en argent comptant : matériaux, exécution d'ouvrages dans la construction des bâtiments, les amendements tels que : chaux, etc.

Il sera peut-être utile, pour quelques-uns, de donner ici des détails sur la manière dont on est parvenu à rendre productive une friche connue sous le nom de la Maligrette, terre jusque-là rebelle à toute culture et abandonnée des fermiers de temps immémorial. Il n'y poussait que des joncs. Dans un coin de la pièce se trouvait un trou assez profond où l'eau séjournait continuellement.

Il paraîtrait, ce qui peut être confirmé par l'examen du sous-sol, qu'on y avait autrefois tiré de la terre argileuse pour faire de la brique. On avait planté au bord de ce trou ainsi qu'autour de la pièce des peupliers qui, au bout de vingt années de végétation, ne pouvaient être employés que comme soliveaux dans les bâtiments.

Le premier soin pour rendre quelque fertilité à cette terre, fut de déraciner les arbres, de combler ce trou qui, formant une mare, y entretenait l'humidité. Pendant les mois de janvier et février, la terre étant bien détrempée, on y mit une charrue Dombasle attelée de six bœufs forts et vigoureux avec un homme robuste pour tenir la charrue, et un enfant pour les toucher. On attaqua la terre à 14 pouces de profondeur, dans une argile qui ne laisse pénétrer l'eau qu'avec difficulté, le sol étant des sables battants ; de sorte que chaque fois que la charrue pénétrait elle enlevait une bande de 14 pouces d'épaisseur sur 18 de largeur, formant comme des fossés où l'eau entrait à l'instant et s'écoulait comme dans de petits ruisseaux.

Ce labour fut exposé dans le sens de la pente la moins sensible de la pièce. Ce choix eut deux motifs : le premier que cette exposition était au midi, tandis que l'autre était au couchant; et le second, que la pente était plus sensible dans le sens contraire où les billons devaient se trouver définitivement. Cette exposition première au midi eut pour but d'arriver avec facilité à l'amélioration de ce sol rebelle, par l'évaporation naturelle produite par l'ardeur des rayons du soleil. Nul ne croyait à la réussite de cette entreprise, aussi venait-on voir, plutôt par curiosité que par nécessité. Le domestique chargé des labours prétendait qu'on y tuerait plutôt hommes et bêtes que d'y faire produire du blé.

Les pluies printanières, celles de l'été et de l'automne, humectèrent cette argile, le soleil les pompa, de sorte que l'agent principal fut l'atmosphère qui divisa le sol lentement, il est vrai, mais efficacement. Par un labour profond, cette bande de terre versée par la charrue Dombasle, qui, seule, a cette propriété, le divise de manière à ce que l'air peut pénétrer partout, et le féconde par les trois éléments : l'air, l'eau et le soleil.

On laissa cette terre dans cette position durant 13 à 14 mois, pendant lesquels chacun crut à l'abandon de l'entreprise sur une nature si ingrate. Au printemps, on donna un second labour dans le sens inverse, celui où les billons devaient se trouver exposés à l'avenir, puis un troisième, deux ou trois mois plus tard. Au moment des grandes chaleurs, on y jeta de tous côtés des pierres de chaux sur lesquelles on laissa agir l'atmosphère. La fraîcheur des nuits, la rosée, les firent dissoudre, et la chaux, réduite en poussière par l'action de l'air, fut parsemée à la pelle le plus également possible ; on répandit ensuite sur le terrain un fumier frais de l'étable et peu consommé, enfin un quatrième labour trois semaines avant les semailles, et le blé d'automne fut confié à la terre.

Pendant l'hiver, ce blé conserva sa vigueur, et tandis qu'au printemps celui des endroits voisins commençait à jaunir, il conserva jusqu'à la fin sa végétation riche et luxuriante. Aussi, comme l'exagération s'empare avidement de tous résultats bons ou mauvais, c'était devenu un bruit public ; on venait voir par curiosité des épis qui n'avaient pas moins de 5 pouces de longueur. Le rendement de cette pièce fut de 25 hectolitres par hectare.

Chaque fois que l'occasion s'est présentée de faire semblable amélioration, elle a toujours réussi, lorsqu'on a laissé le temps nécessaire à la réaction des agents atmosphériques ; mais les opérations ont été moins bonnes lorsque, voulant précipiter les résultats, on a

8.

compté sur des amendements ou des labours plus fréquents. Beaucoup d'autres pièces ont reçu des améliorations provenant des démolitions de vieilles constructions, qui sont en général très-salpêtrées et beaucoup plus réactives que la chaux qui sert aussi comme amendement, divise le sol et devient un puissant réactif, mais sans pouvoir être comparé aux démolitions d'anciens châteaux où le salpêtre domine. Il faut employer l'un et l'autre avec modération, car une grande quantité peut devenir nuisible. Un cultivateur ne doit pas perdre une charretée de démolitions qui en vaut cinq de bon fumier.

La seconde catégorie du capital créé représente, dans le tableau d'amélioration, la somme de 5,441 francs 82 centimes; ce sont les bois fournis par la propriété pour les constructions et le temps employé par les domestiques et les animaux de travail, de telle sorte que la proportion du capital créé pendant cette période a été d'un tiers de la somme dépensée. Il faut remarquer que le déboursé en argent pendant ces douze années n'atteint pas 12,000 francs, que le capital créé forme à peu près moitié en sus, ce qui donne une dépense d'environ 190 francs par hectare, sur une contenance de 60 hectares que possèdent ces deux fermes de Sainte-Christine et du Bas-

Canal, par l'argent avancé, et 90 francs de capital créé; en sorte que la dépense totale ne s'élève pas à 280 francs par hectare. On peut donc dire que la majeure partie des propriétaires est dans la possibilité de faire une aussi légère dépense pour arriver à de si heureux résultats.

L'évaluation (page 58) du revenu de 1,380 f. que rapportaient ces deux fermes avant 1847, non compris l'entretien des bâtiments et les frais généraux, forme un capital de 55,200 fr. Il y avait toujours un homme chargé de faire rentrer les fermages et du règlement des comptes avec les ouvriers; n'importe quelle somme il lui était allouée, cette dépense, en augmentant la gestion, diminuait le revenu total de la propriété; cette diminution devait donc être affectée auxdites fermes en proportion de leur étendue.

Comme nous ne pouvons pas avoir ces chiffres sous les yeux, admettons que le revenu représente un capital de 55,200 francs; il faut ajouter que la valeur du sol ne doit pas être dépréciée par le mauvais système de culture : il a toujours son prix légal auquel on peut plus ou moins promptement donner sa valeur légitime. N'importe à quel taux on veuille mettre le capital foncier auquel on ajoute le capital dépensé en amélioration, on verra une grande augmentation dans le revenu; si cette augmentation de revenu est plus élevée que le taux ordinaire adopté dans le commerce où les spéculations, dans lesquelles la prévoyance met de côté une somme d'amortissement; avec tous les retranchements que chacun pourra faire selon sa manière d'envisager, on arrivera toujours à un taux beaucoup plus élevé. De cette manière, s'il y a plus-value dans la rente, il ne peut manquer d'exister également plus-value dans le capital foncier, surtout lorsque dans vos améliorations entrent les comptes de construction de bâtiments qui conservent plus ou moins longtemps une certaine valeur. Le taux du revenu de ce capital est le plus souvent résolu selon la localité et les circonstances; aussi ne peut-on rien fixer, laissant tout à l'appréciation de chacun.

Malgré le plus grand désir qu'on puisse concevoir de se rendre utile, en communiquant les résultats bons ou mauvais d'une longue expérience, un cultivateur est tellement occupé par les opérations journalières des champs et leur comptabilité, qu'il se trouve par là même restreint dans l'exposé public d'un travail, qui peut, d'un côté, servir de base, soit pour imiter le bien, soit pour éviter les erreurs signalées.

Les améliorations introduites dans les trois autres fermes, toutes d'une haute importance, pourraient fournir ample matière à dissertation: je me bornerai à les citer sommairement. Ces deux fermes n'étant sous ma direction que depuis cinq, quatre et trois ans, les améliorations, ayant été faites lentement pour ménager les capitaux, n'ont pu atteindre partout leur entier rapport. Ce n'est donc pas à présent qu'il pourrait en être donné un résultat définitif, pour fixer le taux de revenu par rapport au capital.

Ces améliorations ont consisté, comme dans les deux précédentes, dans l'organisation, défrichement et nivellement de grandes pièces, dans la construction, pour quelques-unes encore inachevées, d'écuries à double rang qui contiennent, à la ferme de Chant-d'Oiseau, cinquante bêtes à cornes des divers croisements établis entre les races suisses du canton de Schwitz avec les cotentines, celles du pays avec les normandes; les écuries de Mortesson et de la Hacquinière sont également remplies par les produits d'élevages faits ici.

On a commencé avec une souche d'animaux qui formait un capital de 1,708 francs au 1er janvier 1847, époque de la prise en possession des deux fermes de Sainte-Christine et du Bas-Canal, souche qui, à force de persévérance, s'est élevée progressivement, et qui, malgré la baisse considérable qui, cette année, déprécie les animaux de leur valeur réelle, représente à l'inventaire, d'après le cours des marchés, au 1er janvier 1858, un capital de 21,550 francs.

Si ces trois dernières fermes ne sont pas complétement organisées, c'est qu'il a fallu suivre lentement afin d'assurer l'exécution des travaux sans grands sacrifices. La précipitation entraîne toujours un certain coulage dans les fonds, malgré l'ordre le plus grand qui puisse y être établi. Lorsqu'il y a un grand nombre d'améliorations à introduire, en y travaillant successivement on trouve dans leur ordre progressif les moyens de créer des capitaux pour en accomplir de nouvelles.

Ce système ne peut manquer de paraître long à quelques-uns; il est évident qu'il peut prendre la vie d'un homme, mais il est le plus sûr et le plus économique dans l'intérêt de celui qui vient après vous, car votre activité et votre intelligence auront augmenté la valeur de la propriété en augmentant ses revenus. Par ce raisonnement joint aux preuves, mon but, comme je l'ai dit plusieurs fois, est d'éclairer sur leurs intérêts les propriétaires dont la fortune consiste ou à peu près dans leurs terres, et comme le mobile qui fait agir tout homme en ce monde est la fortune et le bonheur de ses enfants, on peut être assuré de leur préparer une semence qu'ils n'auront plus qu'à recueillir. Nous y voyons en même temps que les capitaux y seraient placés aussi avantageusement et aussi sûrement que dans l'industrie.

Les améliorations, dans une propriété aussi vaste que celle de Lamothe-Chandenier, ne peuvent pas embrasser exclusivement les fermes. Une grande quantité de bois demandait aussi un ordre établi pour les coupes, à des époques fixes. Il y a des natures de bois qui profitent plus ou moins bien des différentes natures du sol ; il a fallu agir en conséquence. Dans les clairières, on a fait, selon les circonstances, des semis des diverses essences d'arbres, marronniers, platanes, et en majeure partie d'essences résineuses, le pin maritime, ou des semis de glands pendant les années abondantes.

Il est encore une autre branche d'agriculture dont il n'a pas été question : la vigne, sur laquelle il faut donner quelques détails au sujet d'une importante amélioration qui y a été apportée. La vigne dite de la Butte, à cause de sa position, exposée moitié au sud-est, moitié au nord-ouest, est plantée au sommet du côteau en vigne rouge, dans le bas en vigne blanche. Quoique la côte soit élevée avec une pente excessivement rapide, elle était continuellement baignée dans l'eau, ce qui provenait d'un sous-sol extrêmement argileux. Elle souffrait de cette constante humidité et était exposée à geler souvent. Dans le cas où elle échappe à cette calamité, elle produit de très-bon vin, mais en petite quantité.

D'après cet état de choses, on s'est décidé à en faire drainer une partie comme essai; le travail fut exécuté au commencement de 1858, dans la partie qui craignait le plus l'humidité, sur une étendue de 3 hect. 50 ares. Ces travaux furent dirigés par un ingénieur draineur, envoyé par M. le Préfet du département. L'hectare est revenu à 331 francs. On doit observer que, si l'année prochaine l'exécution de ce travail se poursuit, il reviendra beaucoup moins cher. Dans ce premier essai, les faux frais ont été grands : personne n'était au courant, les ouvriers ont demandé des prix exagérés; ayant peu de temps devant soi, et désirant que cet ouvrage ne manquât pas son but, on est allé largement. A l'avenir, il pourra ne plus coûter que 250 fr. par hectare dans la vigne et 200 fr. dans les terres arables.

La vigne coûte plus cher à drainer que les terres arables, parce que les drains ont besoin d'être plus rapprochés; au lieu d'être placés à 10 mètres de distance, il faut qu'ils le soient à 8, ce qui augmente de 250 mètres courant par hectare, comme acquisition et pose des tuyaux, par conséquent un quart de dépense en sus. On peut, sous ce rapport, être assuré qu'il est facile de faire drainer dans ce pays à 30 centimes le mètre courant, mais il serait difficile de le faire à moins de 25 centimes si on veut que ce soit exécuté dans de bonnes conditions.

Les travaux ont été commencés à la fin de février; ils ont duré jusqu'à la fin de mars, l'espace de 34 jours. Au commencement, les ouvriers allaient fort lentement et cherchaient comme toujours, lorsqu'il s'agit d'une chose nouvelle, à créer des difficultés. Si les mêmes ouvrages peuvent être repris avec les mêmes ouvriers, on y mettra moitié moins de temps.

Une fois le drainage exécuté, la vigne fut atteinte, au mois d'avril, par la gelée, au mois de juin il y eut du coulage dans la floraison, ce qui empêche de se fixer sous le rapport du rendement; mais chacun remarqua combien la végétation était plus riche et plus vigoureuse dans les parties drainées que dans les autres. La récolte, quoique peu abondante à cause des influences atmosphériques, donna pourtant un quart en plus dans la partie drai-

8.

née, malgré la grande sécheresse de l'année.
Au mois d'avril, la vigne fut débourrée; il survint quelques journées pluvieuses; partout où elle n'était pas drainée, l'eau séjourna autour des ceps, tandis qu'on put bêcher la partie drainée 24 heures après la pluie. Actuellement, le bois est d'une force extrême. Le sol, assaini par les drains, donna l'eau continuellement pendant l'hiver.

Quant à la question du rendement d'une vigne drainée ou non drainée, elle ne peut être résolue si promptement; il faut une moyenne de dix ans, pour être fixé sur son rapport réel, parce que ce sont des produits sur lesquels l'atmosphère joue le principal rôle.

Dans ce pays, on fume ordinairement les provins avec des fagots de bruyères dans lesquels se trouvent beaucoup d'herbes. On en met habituellement un par provin. Ils se vendent de 10 à 12 francs le cent dans les coupes; il faut ensuite les transporter et les placer à chaque provin, ce qui ajoute à la dépense. J'ai remplacé cette fumure par des chiffons de laine qui ne reviennent qu'à 10 francs le cent, dont le transport est moins coûteux et l'effet beaucoup plus efficace. J'ai fait l'essai en mettant par cep de 50 à 800 grammes, dont l'effet plus ou moins avantageux m'a fixé pour un kilogr. par cep. Après avoir, dès l'abord, fait ouvrir les tranchées à quatre pouces de profondeur où furent enfouis les chiffons, je me suis aperçu d'une grande faute : c'est que les racines remontaient vers le haut pour chercher la nourriture dans le chiffon. Aussi, pour remédier à cet inconvénient, il est bon de creuser à huit pouces de profondeur, et de les poser presque sur la racine mère.

Un fermier intelligent et un propriétaire comprenant ses propres intérêts , peuvent s'organiser pour l'amélioratiun des terres sans qu'il faille presque aucun déboursé. On peut remarquer que, dans la dépense d'amélioration, la plus grande partie a été employée aux ouvriers à la journée, et aux ouvrages faits à la tâche pour le nivellement des terres et des prés. Le fermier peut donc, au lieu de prendre des ouvriers ou de leur marchander l'ouvrage à forfait, dans ses temps perdus, faire lui-même les travaux; ce sera plus long il est vrai, mais il n'aura aucun déboursé. Pour cela, il faut que son bail soit long, que le fermier comme le propriétaire soient bien convaincus de cette vérité, que l'homme doit être récompensé selon son travail. Si, lorsque ce fermier aura employé, pour améliorer vos terres, soit une période de neuf ans, soit toute autre, et que vous veniez à les lui reprendre pour les donner à un autre qui offre quelque augmentation, vous retirez au premier les avantages et le fruit de son travail. Si le propriétaire gagne ainsi une augmentation, il ne peut tarder à la perdre, car certainement celui qui succède épuisera vos terres, parce qu'il entre avec la volonté d'en tirer pour lui les plus grands avantages, tandis que l'autre a travaillé avec l'intention d'améliorer d'abord pour jouir ensuite. C'est ainsi que les Anglais comprennent les baux d'une longue durée, et que propriétaires et fermiers agissent vis-à-vis les uns des autres.

Lorsque, comme cela se voit en majeure partie en France, le fermier se trouve de moitié avec le propriétaire, ils ont l'avantage et la faculté de pousser plus promptement leur entreprise, parce qu'ils marchent de pair. Un propriétaire ainsi placé, s'il peut, pour les améliorations, fournir la paie des journaliers, le fermier, les attelages pour les transports, de cette entente réciproque naîtraient les avantages pour l'un comme pour l'autre. C'est ce qui, malheureusement, existe rarement en France; cela vient de ce que l'agriculture est, en majeure partie, entre les mains des campagnards qui se méfient de leur propriétaire, et que, l'un comme l'autre, veulent tirer les plus grands avantages sans aucun sacrifice; en un mot,

c'est que l'agriculture n'est pas en France à
sa hauteur.

Avant 1789, lorsque les terres apparte-
naient, en majeure partie, à la noblesse, on
pouvait espérer que l'élan serait donné par le
haut. Maintenant que beaucoup de grandes
propriétés sont divisées entre les petits cultivateurs, et qu'elles tendent à se morceler de
plus en plus, c'est par cette classe de la campagne qui possède les terres et qui les acquiert
de jour en jour qu'il serait plus avantageux
de jeter cette semence du progrès. Pour que
cette semence devint féconde, il faudrait
qu'elle convint au sol, de même que le sol lui
conviendrait. Pour arriver à ce but, le choix
d'un jeune homme intelligent par arrondissement, auquel l'instruction serait donnée dans
une école d'agriculture, afin de devenir ingénieur ou inspecteur agricole, pourrait avoir
un immense résultat. Je me trompe peut-être
dans mes prévisions, mais les pensées mauvaises ou difficiles d'exécution servent quelquefois à en faire surgir d'autres qui peuvent
avoir une influence efficace sur l'avenir.

Si faible que soit le tribut qu'il me soit
donné d'apporter à la prospérité de l'agriculture et à l'utilité publique de la grande nation
qui m'a accueilli si généreusement, je me sentirai mille fois heureux si je puis acquitter

ma dette envers elle et envers cette société d'agriculteurs à laquelle j'appartiens depuis vingt-deux ans.

Copie de la réponse à M. PAULZE D'IVOY,
Préfet du département de la Vienne, au sujet
du Concours régional de 1860.

———oo෴oo———

Château de Lamothe-Chandenier, 25 janvier 1859.

MONSIEUR LE PRÉFET,

Je m'empresse de répondre à votre lettre,
pour vous exprimer ma reconnaissance de
l'honneur que vous me faites en m'appelant
au milieu des agriculteurs distingués de votre
département, pour concourir au grand prix
accordé par S. M. l'Empereur, qui ne cesse de
témoigner tant d'intérêt à cette branche
d'industrie qui fait la richesse d'une nation.

Je crois, Monsieur le Préfet, que mon titre
d'étranger doit me commander de rester dans
l'ombre; ma seule ambition est de pouvoir me
rendre quelque peu utile, mais d'une manière
plus obscure; je dois néanmoins comprendre
l'obligation de vingt-deux années d'expérience;
aussi, je cherche, par tous mes efforts, à payer
ma dette à la terre qui m'a accordé une si
généreuse hospitalité.

Je travaille dans ce moment à un ouvrage dans lequel je développe mon mode de culture et les progrès qu'il donne à la contrée. Si mes occupations journalières n'y mettent obstacle, j'espère le faire imprimer et publier avant l'époque du concours; c'est, je crois, la seule part qu'il me soit permis d'y prendre.

Aussitôt que je serai prêt, j'aurai l'honneur, Monsieur le Préfet, de vous en envoyer quelques exemplaires. Je dois me tenir à l'écart, et c'est déjà beaucoup pour moi que la distinction dont votre lettre m'honore.

Agréez, Monsieur le Préfet, etc.

Conditions établies entre le propriétaire et les métiviers.

ART. 1ᵉʳ.

L'administration, direction et régie se trouvent dans le pouvoir absolu de ceux qui seront chargés de la direction et surveillance des travaux. Les métiviers doivent s'y soumettre à l'avance, sans aucune restriction.

ART. 2.

Le nombre des métiviers est fixé dans chaque ferme par le fondé de pouvoir du propriétaire, selon les travaux à exécuter dans l'année.

ART. 3.

Les métiviers ont de l'ouvrage garanti pendant toute l'année, tantôt à la tâche, tantôt dans les bois ou à la journée fixée aux prix suivants : du 1ᵉʳ novembre jusqu'à la fin d'avril de l'année suivante, les journées seront payées à raison de 1 franc; du 1ᵉʳ mai jusqu'aux métives des blés, à raison de 1 fr. 20 c., et du commencement des métives des blés jusqu'à la fin d'octobre, à raison de 1 fr. 70 c.

ART. 4.

Les métives se donnent à la Toussaint; par-conséquent, l'année commence de ce jour et finit à la fin d'octobre. Dans le cas où l'une des deux parties ne se conviendrait pas, elle doit prévenir à Pâques au plus tard, selon l'usage du pays.

ART. 5.

Les journées de travaux commencent avec le lever du soleil et finissent avec le coucher. Il y a des journées entières, des demi-journées, mais il n'y a ni quart ni tiers de journées.

ART. 6.

Dans le cas de travaux pressants, si le propriétaire veut retenir les métiviers après le soleil couché pour finir quelques travaux urgents, il paiera aux ouvriers un quart de journée en plus, selon l'époque, d'après le taux fixé à l'art. 3.

ART. 7.

Un métivier travaillant à la journée, qui ne fera pas l'ouvrage comme il faut ou s'abandonnera à la paresse, sera pour la première fois averti par le surveillant des travaux, pour la seconde fois réprimandé par l'administrateur, et la troisième fois mis à une amende qui ne pourra être autre que la perte d'une demi-journée de travail, au plus d'une journée entière.

ART. 8.

Tous les ans, le jour de la Toussaint, les métiviers se réunissent dans le bureau de l'administrateur, pour redemander ou remercier des métives. Le même jour, ceux qui restent tirent au sort, et six numéros sortant reçoivent 30 fr., c'est-à-dire 5 fr. par chaque métivier désigné par le sort, comme denier à Dieu, pour la coupe des bois. Ces derniers sont responsables pour que cette coupe soit terminée à la fin d'avril. C'est à eux aussi à surveiller la police des bois entre les bûcherons.

ART. 9.

Le prix du *hallage* ordinaire (fagots de bruyère) est fixé à 2 francs le cent; le *hallage* de chêne (fagots de petit chêne) à 3 fr. 50 cent. le cent; le *racossin* (fagots de chêne moyen) à 4 fr. 50 cent. le cent; le *racot* (fagots de gros chêne) à 5 fr. le cent; la corde de chêne, à 2 fr.; la corde de sapin, à 1 fr. 65; les fagots de sapin et bois blanc, à 2 fr. 50 cent. le cent; les échalas de sapin, à 7 fr. 75 cent. le mille; l'éguisage et pelage des échalas, à 7 fr. 50 c. le mille; la corde de bois fendu, à 3 fr. 50 cent. Tous les métiviers sont obligés d'aller dans les bois pour faire les *hallages*.

ART. 10.

Les métiviers, sous aucun prétexte, ne peuvent entreprendre aucun travail chez d'autres personnes. Ils sont occupés l'année entière chez le propriétaire qui s'y engage continuellement. C'est seulement avec son consentement qu'ils pourront entreprendre d'autres ouvrages et avec une permission spéciale.

ART. 11.

Les métiviers sont obligés de venir à la journée à chaque appel du propriétaire; mais, pour faciliter leur propre ouvrage et qu'ils n'éprouvent aucun préjudice, un tiers des métiviers pourra s'absenter tous les jours, selon le tour de rôle établi entre eux, c'est-à-dire que les deux tiers resteront toujours pour les travaux au compte du propriétaire.

ART. 12.

Dans le cas où les métiviers, par mauvais vouloir, ne s'entendraient pas entre eux pour établir un tour de rôle de leur absence régulière, comme il est dit à l'article précédent, et que, par là, les ouvriers ne se trouvent pas au nombre exigé à la disposition du propriétaire, alors celui-ci louera des ouvriers, n'importe à quel prix, et qui seront à la charge des métiviers de la ferme; mais si c'est par la faute d'un seul, reconnu par tous ses camarades comme récalcitrant, alors lui seul en supportera la charge.

ART. 13.

Les métiviers faucheront les prairies naturelles et artificielles, à raison de 5 fr. par arpent (de 66 ares). La seconde coupe de toute espèce de pré, à raison de 4 fr. 50 cent. par arpent.

ART. 14.

Le fauchage des prairies naturelles et artificielles doit être fini avant les métives. Dans le cas
contraire, le propriétaire fera faire ces travaux
par d'autres, mais au compte des faucheurs.

ART. 15.

Les métiviers recevront le septième décalitre de toute espèce de grains qui seront cultivés
et récoltés par eux dans la propriété. Ils auront
aussi le septième décalitre de pommes de terre,
mais ils seront obligés de les sarcler, biner,
arracher, charger et décharger. Ils ramasse-
ront les noix, les éplucheront : le septième leur
en appartiendra.

ART. 16.

Le propriétaire jugera à quels métiviers il
pourra confier le soin de la vigne, attendu
qu'il ne peut pas être donné indifféremment,
parce qu'il exige certaines connaissances.
Ceux qui en seront chargés donneront trois
façons à la vigne. Les conditions des vigne-
rons et leurs prix seront maintenus selon
l'usage établi précédemment dans la propriété.

ART. 17.

Les métiviers faucheront les chaumes au
prix de 5 francs l'arpent. Dans le cas où le
propriétaire fournira la machine à battre, les
métiviers feront le fauchage des chaumes pour
rien. Dans le cas contraire, où le battage se

fait au compte des métiviers, le propriétaire paie le fauchage des chaumes.

ART. 18.

Les métiviers fourniront le monde nécessaire pour le battage des récoltes à la machine. Ils s'aideront entre eux réciproquement d'une ferme avec les autres. Le propriétaire ou fondé de pouvoir se charge du règlement de ces comptes et de leur liquidation (quoiqu'ils soient à la charge des métiviers), en faisant les prix, à raison de 2 fr. 50 cent. par homme, et 1 fr. par femme. Il est entendu qu'il y a des journées entières ou demi-journées, mais qu'il n'y a ni tiers ni quart de journées.

ART. 19.

Dans le cas où le propriétaire se déciderait à changer le mode de moisson du pays, c'est-à-dire s'il veut faucher les blés au lieu de les couper haut à la faucille, il paiera 5 fr. par arpent pour la fauchaison des blés, si le le battage se fait au compte des métiviers. Si c'est au compte du propriétaire, les métiviers n'auront que le septième décalitre, quoiqu'ils fauchent au lieu de métiver : la machine récompensant la fauchaison.

ART. 20.

Dans le cas où, au moment de la fauchaison des prés, chaumes, ou du battage, les métiviers désireraient avoir du vin, en prenant les métives, ils doivent prévenir d'avance, pour quelle quantité et quelle époque ils en veulent avoir ; alors le propriétaire leur tiendra disponible aux mêmes prix qu'il le vendra aux marchands la même année, avec diminution de 5 fr. par barrique s'il reprend les barriques vides. Si c'est du demi-vin, il sera compté à la moitié du prix d'une barrique vendue au commerce.

ART. 21.

Les métiviers auront deux décalitres chacun pour avoir arrangé la cour, le sarclage des blés; mais en revanche ils donneront deux journées gratis pour être employés à la volonté du propriétaire.

ART. 22.

Un métivier ne pourra, sous quelque prétexte que ce soit, se refuser à exécuter un ouvrage qui lui sera commandé, à moins qu'il ne donne un remplaçant ; mais il faut, avant tout, que ce remplaçant convienne au propriétaire ou à son fondé de pouvoir, et ce n'est qu'avec son consentement qu'un métivier pourra se faire remplacer.

ART. 23.

Les femmes des métiviers ne peuvent pas glaner sur la propriété. Elles peuvent aider leur mari à métiver si elles font l'ouvrage proprement. Cette décision est réservée au propriétaire. Dans tous les cas, le glanage leur est défendu. Au cas où une femme serait prise, son mari sera responsable d'une amende de 3 fr. par chaque prise.

ART. 24.

Le prix des métives sera donné sur la cour, pour la moitié de la récolte; l'autre sera rentrée dans les greniers du propriétaire pour garantir la bonne exécution des travaux et des conditions stipulées ci-dessus dans tous les articles mentionnés. Ce n'est qu'à la fin d'octobre qu'il sera délivré aux métiviers l'autre moitié du prix de leurs métives.

Tableau n° Ier.   TRAVAUX du *mois de juin* 1858.

DATES.	NATURE DES TRAVAUX.	Énumération des quantités	NOMS des domestiques.	TRAVAUX DES DOMESTIQUES et des animaux					TRAVAUX des journaliers		
				domesti. heures.	Chevaux heures.	Bœufs heures.	Tâches heures.	heures.	du jour. heures.	argent.	Quinzaine argent.
12	Vent S. O., pluie, orage la nuit, belle journée.	Trans	port.	380	590	520	»	»	930	»	» · 106	05
	Boucannerie.—Labour pour les allées.......	2 domes.	J. Pierre.	20	»	40	»	»	»	»	» · »	»
	Propriétaire.—Amené le sable pour les blés...	2 dᵒᵐ. 5j.	M. Jacq.	20	40	»	»	»	50	1	10 · 2	20
	Prés artificiels.—Fenaison des trèfles	4 journ.		»	»	»	»	»	55	1	10 · 5	85
	Potager..................................	1 journ.		»	»	»	»	»	5	1	10 · »	35
	Bâtiment.—Entretien...................	2 journ.		»	»	»	»	»	20	2	00 · 4	00
	Bâtiment.—Construction, pour déblayer......	2 journ.		»	»	»	»	»	10	1	10 · 1	10
13	Vent S., beau, chaleur, dimanche, repos....			»	»	»	»	»	»	»	» · »	»
14	Vent S., beau, gr. chaleur, 36° cent. à l'ombre.			»	»	»	»	»	»	»	» · »	»
	Boucannerie.—Labour pour les blés........	2 domes.	J. Pierre.	20	»	40	»	»	»	»	» · »	»
	Prés artificiels.—Rentrer la luzerne........	2 dᵒᵐ. 9j.	M. Jacq.	20	40	»	»	»	90	1	10 · 9	90
	Potager..................................	2 journ.	Valère,jᵉʳ	»	»	»	»	»	20	2	00 · 4	00
15	Vent S. beau, gr. chaleur, 35° cent. à l'ombre.			»	»	»	»	»	»	»	» · »	»
	Prés naturels.—Rentrer le foin...........	4 dᵒᵐ. 7j.	J.P.-M.J	40	40	40	»	»	70	1	10 · 7	70
	Propriétaire.—Nettoyer les allées..........	1 journ.		»	»	»	»	»	10	1	10 · 1	10
	Potager..................................	2 journ.	Valère,jᵉʳ	»	»	»	»	»	20	2	00 · 4	00
	Travaux d'une quinzaine.			500	510	440	»	»	1260	»	» · 144	45
16	Vent N.-E., grande chaleur, orage le soir....											

Tableau n° II.   COMPTE DE CONSOMMATION et de RENTE

Dates.	NOMBRE des animaux.	CONSOMMATION											RENTE							Dates.

Tableau n° III.. NOVEMBRE 1858.

DATES.	Nombre des personnes	Pommes de terre.	Lentilles.	Haricots.	Pois.	Farine de blé.	Pain bis.	Viande.	Lard.	Graisse et saindoux.	Chandelle.	Huile à manger.	Huile à brûler.	Savon.	Vin.	Cidre.	Vinaigre.	Sel.	Riz.	Pâte d'Italie.	Bois.	Fagots.	Charbon de bois.	Œufs.	Volaille.	Lait.	Beurre.	Fromage.	Frais des consignés.
		litres.	litres.	litres.	litres.	litres.	kilog.	kilog.	kilog.	kilog.	kilog.	kilog.	kilog.	litres.	litres.	litres.	kilog.	kilog.	kilo.	décis.	nomb.	litres.	nomb.	pièc.	litres.	kilo.	kilo.		

Tableau n° V. TABLEAU DE PAIE DES JOURNALIERS du 1er au 16 *janvier* 1858.

NOMS DES JOURNALIERS.	L.	M.	M.	J.	V.	S.	D.								NOMBRE	PRIX de la	TOTAL de la
	1er	2	3	4	5	6	7								d'heures.	journée.	quinzaine.
Jean Dupont......................	10	10	10	10	5	5	.								50	3 00	15 00
Godard..........................	10	5	10	10	10	10	.								55	2 00	11 00
Janin............................	10	10	10	10	.	.	.								40	1 00	4 00
Piéralo...........................	.	5	5	.	10	10	.								30	1 30	4 30

Tableau n° VI.

AVOINE EN MAGASIN.

ENTRÉE.

DATES.			FRAIS.							QUANTITÉS.			TOTAUX en argent,	
			dom. (heures.)	chev. (heures.)	Bœufs (heures.)	journaliers						litres.		
1858 ja.	1er	à l'inventaire.	.	.	.	.	.	.	.	.	.	4330	411	35
	1	à Malécot A. de Montefrai	.	.	.	.	.	.	.	.		1600	128	00

SORTIE

DATES.		Chevaux de travail.	Chant-d'Oiseau.	Volailles.				AU COMPTANT. nature	AU COMPTANT. argent.		TOTAUX. nature	TOTAUX. argent
1858 jan	31	1600	120	50				.	.	.	1770	161

Tableau n° IV.

	DIVERS.				CAISSE.			
AOUT 1858.	DÉBIT.		CRÉDIT.		DÉBIT.		CRÉDIT.	
2 Transport....	.	.	.	.	58515	47	55697	20
Méteil en magasin, à Malécot, meunier, vendu 15 décalitres de méteil, à 1 franc...............	.	.	13	00	.	.	.	.
Rechute de blé en m^(in) (petit grainage), à Ch.-d'Oiseau. Sorti 11 décalitres pour les volailles.........	.	.	11	00	.	.	.	.
Frais généraux, payé diverses menues dépenses...	.	.	.	.	.	.	1	80
5								
Hacquinière. Vacherie. Vendu 2 veaux pour la somme de...............................	.	.	.	.	61	50	.	.
6								
Frais de bureau. Payé timbres-poste pour la somme de	.	.	.	.	.	.	5	00
Seigle en magasin à Mortesson. Entré 170 décalitres de seigle à 1 franc......................	170	.	.	.	.	.	.	.

Tableau n° VII. COMPTE DES CHEVAUX DE TRAVAIL

DOIT.   AVOIR.

Date		Fo.	L. t.				Date		Fo.	L. t.	
1853 janv.	1	A l'inventaire...............	1		2590	00	1853 Mars.	19	Par caisse, vendu une jument vieille	22	300	00
Mars.	27	A caisse, avoir acheté une jument.	22		977	00	Déc.	31	Par inventaire...............	67	1980	00
Avril.	19	A caisse, payé médicaments.....	31		8	60		31	Par bâtiment, construction......	66	386	35
Déc.	31	A caisse, payé vétérinaire.......	68		50	00		31	P. culture, Ste-Christine, B.-Canal.	75	1089	30
	31	A caisse, payé le bourrelier.....	69		115	40		31	Par amélioration.............	83	58	65
	31	A caisse, payé maréchal p. ferrage.	72		60	00		31	Par pre............		255	40
	31	A foin, en magasin...........		9	1355	20						
	31	A avoine, en magasin........		12	1587	25						
	31	A son, en magasin...........		14	26	00						
	31	A mobilier, perte...........		3	277	55						

LOUDUN. TYP. DE ERNEST MAZEREAU.

www.ingramcontent.com/pod-product-compliance
Lightning Source LLC
Chambersburg PA
CBHW051830020726
47502CB00005B/1715